ランボーはなぜ詩を棄てたのか

奥本大三郎
Okum[illegible] Daisaburo

インターナショナル新書　072

まえがき

アルチュール・ランボー（一八五四～一八九一）は、一九世紀半ば、フランス北東部アルデンヌ地方の田舎町シャルルヴィルに生まれた。父親は軍人。母親の家系は、小地主階級の農民であった。父親の所属する連隊は家庭から遠くにあり、両親は不仲だったようである。そのためもあって、アルチュールの少年時代は、あまり幸福なものではなかった。

アルチュールが幼い頃から、父親は家に寄りつかなくなり、厳格な母親の手で育てられた彼は、見かけはいかにもおとなしそうではあったが、実は、反逆心を内に隠す、油断のならない子供であった。その一方では、学校の誉れともいうべき秀才で、詩を書くことに夢中になっていた。

やがて、一八七〇年の普仏戦争で学校が閉鎖されたのを契機に、ランボーは高等中学の最終学年で学校をドロップアウトしてしまい、学校が再開されても、もう戻らなかった。以後は長髪に陶製パイプ《ガンヴィエ》を咥《くわ》えたボヘミヤンに変身。詩人としての人生を歩み始める。

17歳のアルチュール・ランボー
©The Granger Collection/amanaimages

田舎町での生活に息の詰まる思いをし、「学校に行かないんなら定職につけ、でなければ家を出て行け」と、頑固な母親に厳しく責め立てられていた。

「パリに出さえすれば自分の詩の才能は認められるはず」と確信していたランボー少年は、先輩詩人や、その頃詩壇の主流であった高踏派《パルナシアン》の領袖、テオドール・ド・バンヴィルに手紙を書いて自作の詩を送り、また直接パリへの出奔を試みる。

その頃、シャルル・ボードレール（一八二一～一八六七）の作品を読んで「見者《ヴォワイヤン》」の思想に目覚め、革新的な作品を書き始める。まさに、天才の開花である。パリへの四度にわたる出奔の結果は、しかし虚しかった。詩壇に入り込む手がかりが摑めなかったのである。

ちょうどその時、『艶《えん》なる宴《うたげ》』の詩人ポール・ヴェルレーヌ（一八四四～一八九六）に送った手紙に返事が来た。なんとそれは、パリへの招待状とも言えるものであった。直ちに上京、ランボーはパリの詩人仲間に紹介され、「**忘我の船**」を朗読して華々しいデビューをするが、傲慢で粗暴な振る舞いから、自分でそのチャンスを潰してしまう。

ランボーとヴェルレーヌとは、その後、付かず離れず共同の生活を送り、諍《いさか》いを繰り返しながら、パリ、ロンドンをさまよった。

だが、その間、二〇歳過ぎの、詩人としての絶頂期と思われる頃に、ランボーは詩を放棄し、それが後世の人々を不思議がらせることになる。そしてその後に、驚くべき詩、謎めいた作品の数々のほとんどが、いわゆる生原稿として、半ば埋もれたまま残された。それが「後期韻文詩篇」と呼ばれる詩群と『地獄の一季節』、「イリュミナシオン」である。

ヴェルレーヌとも訣別したランボーは、世界を放浪し、その足跡はドイツ、イタリア、東南アジア、アルジェリア、アビシニア（現・エチオピア）に及ぶ。ジャワのバタビア（現・インドネシアのジャカルタ）ではオランダの外人部隊の脱走兵、アビシニアでは武器商人であった。武器商人としては、あの坂本龍馬と立場が逆で、本国で使用に耐えなくなった古い銃器を外国に売りつける側である。しかし、結果はまさしく「骨折り損のくたびれ儲《もう》け」であった。アビシニアの王は、素人のランボーなどより、はるかにしたたかな商売人だったのである。

いずれにせよ、この、元詩人は、フランスには時々帰って身体を休めるだけで、そこで働くことは断固、拒否したようだ。なぜそれほどまでに故郷での仕事を拒み外地にこだわったのか？

約一五年にわたる苦闘の末、最後はがん性腫瘍のため、担架に乗せられて、アフリカの砂漠地帯から脱出し、アラビア半島南端のアデンを経てマルセイユの病院へ。そこで片脚を切断され、三七歳で〝偉大な歩行者〟としての人生を終えている。全財産を金塊に換えて腹に巻いていたが、それで身体が冷えたという説もある。

ランボーほど、まっしぐらの、しかし不器用な生き方をした人間は稀《まれ》であろう。普仏戦争とパリ・コミューンの混乱の時代、彼は詩の世界に革命を起こそうとして文字どおり一身を犠牲にした。

筆者の世代でいうと、大学紛争の時代である。その大洪水が鎮まると、若者たちはヘルメットを脱ぎ、髪を切り髭を剃って、企業の戦士に変身した。

その約百年前のフランスでも、実は同じことが起こっていた。ただし、あちらはもう少し徹底的で、七万人といわれたコミューンの闘士はモンマルトルの墓地に追い詰められ、殲滅《せんめつ》されたようである。その後、フランスでは、資本主義と、その文化の隆盛を見、北アフリカ、インドシナ三国を植民地化することに成功した。

一等賞をほとんど独占するほどの秀才ランボーは、先にも述べたように、普仏戦争終戦後に再開された学校には戻らなかった。そして、パリ、ロンドンでの苦闘の末に、詩を棄て、コーヒーや武器の商人として、また未開の国の工業化を夢見る奇人として、死ぬまで主に北アフリ力をさまよった。生き方としては、思いきり損なほうを採ったことになる。

最近は「失敗の研究」というようなことが流行っているそうだから、「ランボーにおける失敗の研究」という意味でも、本書を読めば何かの参考になるかもしれない。ただし、このまねは誰にもできまい。

本書では、若き日のランボーの生涯を紹介し、詩を新訳して注釈を付けた。特に最後の、最も難解とされる詩集「イリュミナシオン」の解釈に、筆者は力点を置いていると思っていただきたい。

また大きな謎となっている、ランボーの詩の放棄の理由についても、一つの回答を提出したつもりである。

いずれにせよ、一五歳から二〇歳までの、たかだか五年間の詩人の物語なのである。それ以後の彼の人生も、まさに波乱に富んだもので、あたかも冒険小説を読むかのごとくであるけれど、それはまた別の物語で、本書では扱いきれなかったことをお断りしておく。

目次

まえがき 3
序章 13
第一部 詩人ランボーの足跡 19
第一章 日本におけるランボー 20
今、ランボーの何が知られているか／小林、中原とランボー
絶滅危惧種の文学青年／田舎町シャルルヴィル
第二章 年金生活者《ランチエ》を目指す神童 39
ランボーの時代の学校教育／神童と教育ママ

新任教師イザンバール（一八七〇年一月）
ひそかな野心・有力詩人への手紙

第三章　出奔　56
普仏戦争（一八七〇年七月一九日）／出奔
出奔、ふたたび／「僕です。また来ました」

第四章　見者《ヴォワイヤン》の修行へ　87
パリ包囲・籠城一三二日間の頃／厳寒と飢餓のパリ
「見者の手紙」／デオニュシアの祭りの男根
見者の修行／ボードレールこそは真の詩人である

第五章　「忘我の船」で大海に出る　109
パリ詩壇の反応／「畜生、あの馬鹿野郎！」
おぞましい怪獣の死

第六章　パリのランボー、ヴェルレーヌからの招待状　132
ヴェルレーヌとの出会い／「みんなが、君を呼び、君を待っている……」
パリの駅にて／家庭破壊者ランボー
ランボーを追い出すために／追放／ロンドンのランボーとヴェルレーヌ
「イリュミナシオン」という題名

第二部　『地獄の一季節』「イリュミナシオン」読解　175

第一章　「言葉の錬金術」の謎解き　176
井上究一郎説／「髪を飲む」という表現
女の瞳と髪、「見者の詩法」へのヒント
もう一度「通りすがりの女性に」について／黒髪と金髪
「ひさご」の謎／エドガー・アラン・ポーとボードレール

第二章　〝暗殺者〟ランボー　200
〝暗殺者〟の時／精霊／ランボーと麻薬／ランボーが躓いたもの

「イリュミナシオン」の草稿／「涙」が意味するもの
ランボーはなぜ詩を棄てたのか／ランボーと音楽

あとがき 261

参考文献 265

※本書の詩や手紙の引用で訳者が明示されていないものはすべて著者訳です。
※訳詩の一部には、今日の観点から見ると差別的表現ととられかねない部分がありますが、アルチュール・ランボーの詩の原文のニュアンスを当時の時代背景を踏まえたうえで正確に伝えるためのものです。読者の皆様におかれましては、このような事情をご理解のうえ、お読みくださるようお願いいたします。

序章

三〇年かかった『完訳　ファーブル昆虫記』の仕事が終わって、次はやっぱりランボーをちゃんと読みたい、と思った。それで書庫の奥にまとめてあったランボーの文献を引っ張り出してきた。結構な分量になる。

学生の頃は、学部、大学院を通して、ランボー論を書くことを自分のテーマとしてきたから、その後も文献は眼につく限り買うようにしていたのだが、わりあい新しく刊行されたテキストの注などを読むと、「ランボー学」も進歩しているようであった。

そのなかでも、ランボーの評伝としてはジャン＝リュック・ステンメッツのものが出色で、それ以前の〝ランボー神話〟を吟味、取捨選択し、集大成したかの観がある。しかも、巻末の参考文献に記したとおり、加藤京二郎氏らによる注釈付きの、行き届いた邦訳（『アルチュール・ランボー伝』水声社）もある。さらに、ランボーの、主にシャルルヴィル時代の事績に関しては、宇佐美斉《ひとし》氏のまとめた『素顔のランボー』（筑摩叢書《そうしょ》）が大いに参考になったことをあらかじめ記しておく。

私などが学生の時代には、クラシック・ガルニエ版のシュザンヌ・ベルナールの注や、原文校訂に定評のある、プレイアド叢書（ガリマール出版社刊）の注が頼りであった。

一九六五（昭和四〇）年と、古い話だが、東京大学仏文科の井上究一郎先生のランボー講読の授業は、大きな教室に受講生が入りきれないほどの盛況であった。なかにはカトリックの修道女の姿も見られ、井上先生がまさにいけずな顔をして、殊更《ことさら》に際どいことを持ち出したり、その人たちに当てこすりのようなことをちくちく言われたりするので面白いような、はらはらするような気がした（修道女たちは次の授業にはもう来なかった）。

一九七七年に出た、人文書院版『ランボー全集』第二期の翻訳をし、注解を施したランボー研究の先輩たちも、前述の二つの叢書の、編集・注解、特にプレイアド叢書のそれに従っているところが多いようである。しかし、今になって、シュザンヌ・ベルナールの注を読み返してみると、首を傾げたくなるようなところもたまにある。

フランスにおけるランボー研究はもちろん、日本における研究も、篠沢秀夫『地獄での一季節』（大修館書店）や、宇佐美斉『ランボー全詩集』（ちくま文庫）、平井啓之《ひろゆき》、湯浅博雄、中地義和『ランボー全詩集』（青土社）等、昔の研究とはかなり違ってきている。ついでに言えば、この私は、大学の一般教養の授業で、平井先生や、寺田透先生からａｂｃ《アーベーセー》の手ほどきを受けたのだった。どうしたことか、平井先生は私の名前を間違って覚えられ、「松平君！」と、ちゃんと予習をしてきていない私なのに、よく当てられたものだった。

かつての日本におけるランボーといえば、なんといっても小林秀雄の翻訳であった。確かに、訳文に文体があり、それにある種の詩情があるという点では、誰もこのべらんめえ口調の大批評家にはかなわない。そして小林の「ランボオ」を読んで、文学青年はみんな勝手に、自分がランボオになってしまったのであるが、現代の文学青年は、そんな感化とは無縁のようである。

しかし、今の日本のフランス文学者には、フランス語がまるでフランス人のようによくでき、かつ、フランス一九世紀の歴史や社会や宗教等の事情についても、あちらの学者のように詳しい人たちがたくさんいるらしい。ただし、フランス語はできるけれど、そのぶん日本語ができなくなっているような気がする。

それらの成果を時々参照しながら、昔々、ファーブルの翻訳に手をつける前に、雑誌『ユリイカ』や『カイエ』、そして『現代文学』という、故・饗庭《あえば》孝男主宰の同人雑誌、さらに大学、学会の紀要に書き散らした自分のランボー論を読み返してまとめてみようと思った。

そう考えてランボーの作品をぼつぼつまた読んでみると、今にして、詩人の言いたいことがしみじみよくわかるようなところがある。

もちろん、書いたのは少年と言ってもいい若者である。こっちはその年齢からはるかに遠ざかって、逆にわからなくなったことも多いはずだが、それらには都合よく耳が遠くなって気がつかなくなっているのかもしれない。

よくわかる気がすることの原因としては、長いこと携わったファーブルの翻訳が、少しはフランス語とフランス文学の勉強になった、ということもあろう。そしてもう一つはこっちが歳を取ったせいであるにちがいない。

本書は第一部と第二部に分かれる。

第一部は、ランボーがパリに出るまでに書いた詩を、なんとか読みやすい日本語にできないものかと、なるべく口調のよい翻訳に仕上げることを心がけた。もちろん、それらの詩を書いている時のランボーの生活というか、詩の背景についても解説を加えた。

ただし、晩年のアフリカにおけるランボーの伝記については、フランスにおける膨大な研究と、その、周到な翻訳などを見て、あえて手を出さなかった。これはもう、パリ、ロンドンをうろついて、詩に取り憑かれていたランボーの頭の中とは別世界の話の観がある。

第二部「〝暗殺者〟ランボー」は、きわめて難解とされる散文詩集「イリュミナシオン」解読の試みである。これは、私の修士論文が基になったもので、生硬《せいこう》なところが目につくけれど、我ながら、よく気がついた、と思えるところもないではないのだが、分量から言って新書の範囲をはるかに超えてしまうので大幅に削らなければならなかったのは、いかにも残念である。しかし、枝葉を伐り落としたことによって、多少見通しがよくなり、それだけわかりやすくなったのではないかと思う。また、問題となっているその題名についても私なりの意見を述べておいた。

第一部　詩人ランボーの足跡

第一章　日本におけるランボー

外国語の詩の翻訳は、それだけでは詩の作品としてはめったに成功しないものである。実際、それは難しい話で、詩人のぎりぎりの表現を、風土も、文化も違う国の言語になんとか移し替えようというのだから無理がある。

いかにそれが困難であるか、俳句を英語に訳す、というようなことをちょっと想像してみてもわかるであろう。

原詩の意味するように思われるところをやっとのことで日本語に移した御本人は、達成感があって大満足であろうとも、原文に触れていない読者にとっては、ただの読みにくい、たどたどしい、奇異な日本語にすぎないということが起こる。

それでも訳さずにはいられない。艱難辛苦《かんなんしんく》のあげく、訳了した本人は、「できた！　いかにも名訳！」と思い込んでいても、それは原文の残像、残響が頭にあるからである。

たとえて言ってみれば、書の世界でいう臨書のようなもので、お手本にしている法帖《ほうじょう》の、王《おう》義之《ぎし》なり、褚遂良《ちょすいりょう》なりの美しい、立派な文字が眼底に残っているから、それを模して書いた自分の字までが、いいように見えるだけのことであるのかもしれない。

偉い先生の訳詩集を読んで、

「よくこんな難しいものを訳したなあ、でも、ハッキリ言って日本語の詩になっていないんじゃないか――いずれにせよ、詩として、これだけを読む気がしないし、そもそも、日本語でこんな変な言い方はしないよ。口調だってよくないし……」

と思わされることはしばしばある。

――と、ここまで言ってしまっては、もはや引っ込みがつかないのだけれど……いや、だから、私としては、なんとか、他人が読む気のするように、ランボーの作品の配列に注意を払い、なぜ彼がこんなものを書いたのか、背景に何があるのかを、解説を加えながら、詩人の生涯と結びつけてみようと思う。引用する詩句は自分で訳す。もちろん、私の頭の中には、原詩の残響があって、訳詩の拙《つたな》さを絶えず本能的に補っている。

ランボーは詩のみならず、当然のことながら、書簡文においてもきわめて巧みである。ある時は揶揄《やゆ》するように、またある時は哀願するように、またある時には、過激に、激烈に、彼は書く。

そうかと思うと図々しく、かつ魅力的な物言いで、詩をちりばめたりして手紙を送りつけるのである。

彼の生活の周辺の事情については、その手紙を第一の資料とすることになる。いずれにしても詩人自身の書いたものによって伝記的事実を推測し、叙述する。だからある部分は、「自伝」でもある。

今、ランボーの何が知られているか

ランボーといえば、一九世紀パリの詩壇に、それこそ彗星のように姿を現し、華々しいその詩業の絶頂期に、なぜか突然、詩を放棄した天才詩人として知られている。

同時代の大詩人ステファヌ・マラルメ（一八四二〜一八九八）は「端倪《たんげい》すべからざる通行者」と賛嘆し、二〇世紀の詩人で外交官であったポール・クローデル（一八六八〜一九五五）は「野生状態の神秘家」と評した。

詩を棄てた後、この偉大な歩行者ランボーは、世界を放浪し、あげくの果てはアビシニアの武器商人となって砂漠の彼方に姿を消し、三〇半ばでマルセイユの病院に戻されるや、片脚を切断されて死んだのであった。

長らくその逸話に富んだ生涯が文学青年などにはよく知られていたが、今からもう、二〇年も前になるか、私の先輩のフランス文学者のところに、学生が大学祭の講演を頼みにきた。題目は「ランボー」だと言う。「ほう、珍しい」と思って、話を聞いてみると、「ベトナム戦争が……」などと言い始めるではないか。

何のことはない、相手はシルヴェスター・スタローンの「ランボーもの」映画について、話してほしいと言うのであった。日本語では同じ「ランボー」でも、Rimbaud ではなく Rambo のほうなのだった。その映画は、まあ、これもやがては忘れられるだろうから一応説明しておけば、米軍の特殊部隊で訓練を受け、ベトナムの戦場で手柄を立てたランボーという名の帰還兵士が、故国アメリカに帰って冷遇され、それどころか、田舎警察の保守的な警官によって不審者扱いされて迫害を受け、抑えていた怒りが爆発、戦争のプロフェッショナルの力、目にもの見せてくれん……という話である。

あの過酷なベトナム戦争も、日本の若い学生にとってはもはや、幼い頃かすかに聞いた伝説になっていたのである。

「どうも変だと思った」と先輩は言った。彼も、今や八〇を過ぎている。そして、このぐらいの世代が一番、アルチュール・ランボーの詩を熱心に読んだのではないかと思われる。

そのきっかけは、小林秀雄や、中原中也による訳詩であった。

小林、中原とランボー

小林秀雄は、「ランボーがいきなり自分を叩きのめした」と書く。

……その時、僕は、神田をぶらぶら歩いてゐた、と書いてもよい。向うからやつて来た見知らぬ男が、いきなり僕を叩きのめしたのである。僕には、何の準備もなかつた。ある本屋の店頭で、偶然見附けたメルキュウル版の「地獄の季節」の見すぼらしい豆本に、どんなに烈《はげ》しい爆薬が仕掛けられてゐたか、僕は夢にも考へてはゐなかつた。

（「ランボオ」、『ランボオ詩集』創元ライブラリ所収）

確かに、ランボーの『地獄の一季節』のような、様々な点で烈しい詩集は、前代未聞であった。

それまでは、ロマン派やユゴーやボードレール、ヴェルレーヌなどの作品のうちで、どちらかと言えば静謐《せいひつ》な、感傷的なものが——特に日本では、花鳥風月に通じるようなものが——好んで読まれてきた。『地獄の一季節』のように叫び、嘆き、呪詛《じゅそ》し、罵《ののし》る反逆者の言葉はあまり見られなかったようである。

小林は、まさにべらんめえ調の魅力ある文体でランボーについて書き、『地獄の一季節』を訳した。そしてこんな物語も付記している。

浅草公園の八卦《はっけ》やが、私は廿二歳の時から衰運に向つたと言つた。私が初めてランボオを読みだしたのは廿三歳の春だから、ランボオは私の衰運と共に現れたわけになる。（中略）

その頃、私はたゞ、うつろな表情をして一日おきに、吾妻橋からポンポン蒸気にのつかつて、向島の銘酒屋の女の処に通つてゐただけだ。船は、私のお臍《へそ》のあたりまで機械の音をひゞかせて早いやうな遅いやうな速力で、泥河をかき分けて行く。私の身体は舳先《へさき》に坐つて、半分は屋根の蔭になり、半分は冷つこい様な陽に舐《な》められて、「地獄の季節」と一緒に懐中にした、女に買つて行く穴子のお鮨《すし》が、潰れやしないかと時々気を配つたり、流れて来る炭俵を見送つたり、丸太が一本位は船と衝突してもよささうなものだなどと、なるたけ考へても何んにもならない事を撰《よ》つて考へる事にしやうと思つたりする。この「地獄の季節」には、一つぱい仮名がふつてあつた、どうしても、見当のつかない処は、エヂプトの王様の名前みたいに、枠を書いて入れてある。この安本は大事にしてゐたが、友達の富永太郎が死んだ時、一緒に焼けた。

（同前）

大正末年の話である。本も鮨も——つまり文学も生活も——鞄《かばん》に入れて、ではなく、懐にねじ込んでいる。大正一二（一九二三）年の関東大震災以来、活動しやすい洋服姿の人が増えたのだそうだが、ふだん着は和服という時代なのだ。まったく、ポンポン蒸気の焼玉エンジンの響きが腹にこたえるような文章である。

〝ランボーを読み始めた頃から自分は衰運に向かった〟と述べる小林秀雄の「ランボオ」は、ランボー論ではあるが、それより、小林の青春記として読むのがよいのかもしれない。若い読者を巻き込んでもろともに「酩酊船」にしてしまう力がある。しかし、ランボーの詩そのものについて、詳しく論じたものではないようだ。

当時はまだ、ランボーのテキストそのものが如何せん、不備であった。普通の詩人とは違って、詩壇とは折り合いが悪く、というより粗暴さから顰蹙《ひんしゅく》を買い、最後には詩を棄ててしまったランボーの場合、生原稿が色々な人の手に辛うじて遺された、という作品が多かったし、それについて何の説明もなかったりしたからである。

そのうえ、伝記的事実にもよくわからない部分——まわりの人間の思い込みから、話に尾ひれのついた部分——などがあって、早くから〝ランボー神話〟が形成されていたのである。そして何より「イリュミナシオン」がいったい何を言っているのか、わからない。わからないけれど迫真力がある。

それに、大正時代に普通の境遇の日本人が、フランスの詩を読もうと思っても、ちゃんとした仏和辞典なんかなかったのだ。『リトレ』なぞという、フランスの国語辞典を引いて、訳語を自分で考えるしかない。もちろん、あちらの国語辞典だから、フランス語をフランス語で説明してある。その説明文がまた読めない。上田敏《びん》のような、奇蹟的な存在を除いて、みんな手探りだったのである。

「ふらんすへ行きたしと思へどもふらんすはあまりに遠し」と萩原朔太郎が謳《うた》ったように、日本とフランスとの距離はあまりに遠かった。

中原中也は、小林の友達の富永太郎に、フランス詩の存在を教えられて、アテネ・フランセに通い、また東京外国語学校（現在の東京外国語大学）専修科仏語部に入学して一生懸命勉強したようである。それでも訳読に苦労した形跡が見える。

「中也は自らの詩人としての嗅覚を頼りにランボオの詩を読み解き、無手勝流に見事なまでの中也節で訳してみせた」と、宇佐美斉氏の解説文からの引用であるが、中原中也訳『ランボオ詩集』のカバーの袖にある。「無手勝流に」、「中也節」、いずれも言い得て妙である。中也は、

季節《とき》が流れる　城寨《おしろ》が見える、

無疵《むきず》な魂《もの》なぞ何処にあらう

（中原中也訳「幸福」、『ランボオ詩集』岩波文庫所収）

と、中也自身の詩を読んでいる読者の心に沁み入るような訳を残している。つい、その後に、

あゝ、おまへはなにをして来たのだと……
吹き来る風が私に云ふ

（「帰郷」『山羊の歌』、『中原中也詩集』岩波文庫所収）

と、中也自身の詩を続けたくなる。そして、この翻訳文にまた一連の物語が含まれていることは、前記宇佐美氏の手になる岩波文庫版の解説に詳しい。

小林、中原に心酔する若者が、空き地に草が伸びるようにはびこった。しかし、英語の場合とは違って、日本にいてフランス語を自由に読みこなすというのは、先述のとおり難しいことであった。

英語の場合は、宣教師でも商売人でも、教師となってくれる人は日本にも大勢いたし、教材も豊富にあったが、フランス語となるとそうはいかなかった。やがて、フランスのトーキーの

映画、レコード盤などが輸入されるようになって、音としてのフランス語も日本に入ってきたのだが、田舎にいて、フランスに憧れる人はそういうものを細々と聴くぐらいのことしかできなかったのである。

それに、たとえば織田作之助などのように、スイスのバリトン、シャルル・パンゼラの歌うフォーレやデュパルクの歌曲をレコードで聴いていても、それで急にフランス語ができるようになるわけではない。

絶滅危惧種の文学青年

やがて時間が経ち、実用語学の必要性というようなことが教育の現場で叫ばれるようになった。また日本の経済力が発展して、実際にフランスの街を歩くことが庶民にもできるようになり、それ以前のように、三畳の下宿で、辞書を引き引き原書を睨《にら》んで暗号解読のようにして作品を読む、というようなことはしないでも、あちらで、お買い物かたがた語学研修、という洒落たことになったりした。大学紛争が花火のように終息する頃、文学青年の数が激減した。

それから、文芸批評、文学研究というものがフランスの哲学者や、言語学者のやたら難しい用語を多用した、隠語風《アルゴティック》、というか、アマチュアの参加を拒む難解なものになっていったと思っていると、大学の仏文科に学生が来なくなり、仏文学担当の教師が停年になると、後が不補充、つまり誰も後任を雇ってくれないことになった。

実用英語とパソコンができたら、もうあとは要らん、と公言する人が大学の学長になったりした。そして気がついたら誰もいなくなってしまったのである。

それでも一九八三年のテレビのコマーシャルに、一分ほどの作品だが、「ランボー、あんな男ちょっといない」だったかのナレーション付きで、フェリーニの映画の一コマのように印象的な映像が流されるようなことはあった。小林や中原の読者の残党がまだいたのである。


日本でのランボーの紹介者として、古くは先述の上田敏の訳があり、敏はランボーを二篇訳している。「**虱《しらみ》とる人**」と「**酔ひどれ船**」である。後者の原詩は、用いられた語句の音《おん》においてもイメージにおいても、奇異なものが頻出し、訳そうとすればとりわけ難しい詩で、さすがの敏も、「未定稿」としている。いずれ完成するつもりでいながら急逝した、ということかもしれない。

これも宇佐美氏によると、「未完のままに残された4種の未定稿を、竹《たけ》友《とも》藻《そう》風《ふう》（一八九一〜一九五四）がアレンジし、さらに欠如の部分（特に第15連）を補訳したもの」（京都文学『人文學報』一九九三年三月号）だそうである。

上田敏の時代には、漢語、古語、雅語、七五調などを自由自在に用い、ほとんど定型詩のような手法で訳詩をまとめることもできた。

しかし、日本語の移り変わりは激しい。中也の時代にはもう始まっていたが、戦後の「思ったままを詩にしなさい」という、いわゆる自由詩の指導を受けた世代になると、明治の新体詩時代のようなわけにはいかない。詩を書こうと思っても、型というものがなくて収拾がつかないとか、詩の体《てい》を成さないで苦慮するというようなことになっていく。

もっとも、昔でも、型を持たずに詩情《ポエジー》を表現するのは本当に難しいことなのである。ランボー風にいえば、「脚韻を吹き消してしまえば、改行の多いただの散文」のような定型詩を書いて澄ましていた詩人が多かった。

事実、一九三七（昭和一二）年に中也のランボー訳（野田書房版）が出版された直後、詩人春山行夫（一九〇二〜一九九四）が、「文語と口語、雅語と俗語、まったくの無秩序」で、「これがいやしくも詩人の手になったものとは到底想像もつかない」と酷評したそうである（『新潮』一九三七年一一月号）。それが中也の死の直前なのであった。中也の微妙な語感のバランスは、それが面白いのだが、わからない人にはわからない。

今となっては、小林、中原の訳詩があれば、もうそれ以上は要らない、と言われそうだが、翻訳の可能性は、他にもないわけではない。

それに、本章のはじめに紹介したように、ランボーがその詩作の絶頂期に、なぜ詩を放棄したのか、「イリュミナシオン」はいったい何ごとを述べたものなのかということについては、まだ答えが出ていないのである。

ここはひとつ、この三〇年ほどの間に大きな進歩を遂げたフランスや日本におけるランボー研究書を大いに参考にしながら、私なりのランボーの紹介を試み、その謎を解く努力をしてみようと思う。引用する詩の翻訳もやってみる。その時はもちろん、私の頭の中で、原文の残響音が、拙い訳語を絶えず修正してくれているだろう。

ちなみにフランスや英米のYouTubeなどを見ると、ランボーの詩の朗読や、解説、果ては大学入学資格《バカロレア》試験準備の講義があったり、アニメ風の動画、ドキュメントが山ほど見られたりするから、あちらでは、ランボーは決して忘れられてはいないようである。

田舎町シャルルヴィル

ジャン＝ニコラ・アルチュール・ランボーは、一八五四年一〇月二〇日、フランスの北東部、アルデンヌ地方の、ベルギーとの国境に近い街、シャルルヴィルに生まれた。今この街は、隣接する街メジエールと合併して、シャルルヴィル＝メジエールとなっている。

実際に地図で見ると、ここは国境に近いどころではない、国境線ぎりぎりのところに位置し

19世紀のシャルルヴィルの風景　©Bridgeman Images/amanaimages

ている。ちょっと足を延ばせば、もうベルギーなのである。

シャルルヴィルは、一六〇六年、ヌベール公シャルル・ド・ゴンザーグによって建設が始められた。シャルルヴィルは、ランボーもそう言っているように、英語に直訳すればチャールズタウンである。建設当時は、神聖ローマ帝国に近く、フランスの主権は及んでいなかった。

ランボーが生まれた頃のシャルルヴィルの人口は、隣接するメジエールと合算して一万弱、フランスの田舎町によく見られるような狭い街で、ほとんど顔みしりの人ばかりの、感じようによっては息の詰まるような、相互監視社会であった。

ランボーの父親フレデリック・ランボーは軍人で、たいていの場合、遠くの連隊のほうに配属されていて、家庭には不在である。

母ヴィタリーは、キュイフ家という、近郷のロッシュの農場の娘で、地主の家系だったようである。

ランボー家には、五人の子が生まれ、そのうち四人が育ったが、ランボー夫人は、子供たちを非常に厳しく育てたという。

ランボー少尉はアルジェリアで軍務に就く。一八四〇年代、北アフリカの国々、特にアルジェリアを植民地化しようとフランスは躍起になっていた。いわば、日本にとっての満州で、親戚の誰彼がアルジェリアにいたりする。ビュジョー将軍の指揮下、ランボー少尉はアルジェリアの首長アブデル・カデールの軍と戦う部隊に属していた。一八四五年中尉に昇進。一八五二年大尉となり、メジエールに配属。ヴィタリー・キュイフと出会い結婚。

ナポレオンⅢ世時代の一八五〇年代に、フランス全土に一応鉄道網が敷かれ、シャルルヴィルもパリとの距離が近くなる。それ以前はもちろん馬車もしくは徒歩で旅をしなければならなかった。

そしてこの頃、イギリスに遅れること数十年、フランスにもようやく産業革命が起こり、資本主義が勃興してきて、プチブルが幅を利かすようになっていた。当時のシャルルヴィルの街の雰囲気をランボーの次の詩はよく捉えているようである。

楽の音に

芝生を短く刈り込んだ、しけた田舎の駅前の、
植木も花もお決まりの　小さな小さな公園の、木曜日の夕暮れに、
暑さにふうふう言いながら、プチブルどもが集まって、
負けじとばかり、見栄を張る。

——庭園の中ほどあたりに軍楽隊、
鳥の羽根毛の突っ立った、軍帽わさわさ揺らしつつ「フルートのワルツ」を演奏中。
——見物人の最前列、キザな野郎が澄まし込み、
公証人めがぶらぶらさせる、名前刻んだ金《キン》時計。

鼻眼鏡かけた年金生活者《ランチエ》が、ほら、いま音を外したと、嬉しそうーに指摘する。
でっぷり肥ったお役人、でぶの奥方とのオシドリ夫婦。
その傍には世話する女——まるで象使いではないか。

その身につけた襞飾りも、広告の絵から抜け出たよう。

緑に塗ったベンチには、食料品屋のご隠居連。
握りのついたステッキで、砂を掻《か》き掻き、大論争。
条約とはそもなんぞやと。銀づくりの煙草入れ。嗅ぎ煙草出して
すん、と吸い、「つまるところ……」とまた始める。

丸い大きな尻っぺた、べったりベンチに押しつぶし、
飾りボタンを光らせたブルジョワひとり。フラマン風の太鼓腹。
陶器のパイプをなめずると、ぱらぱらこぼれる煙草の粉。
——こいつあ、密輸品でねえ。

青い芝生の縁沿いで、せせら笑ってるはぐれ者。
トロンボーンの楽の音に、恋に身を焼く初年兵。
無理して求めた上等の、薔薇色の箱に入った煙草吸い、
子守り女中のご機嫌とりに、赤ちゃんのほうをあやしてる。

――僕は、といえば、学生流。胸をはだけて
緑のマロニエの木の下の、はすっぱ娘を眼で追っかけ。
あっちのほうでも心得て、くすくす笑って振り向いて、
意味深長の眼差《まなざ》しさ。

僕は黙って見つめてる。後れ毛なまめく白い首。
コルセットやらひらひらの、飾り衣装に包まれた、
肩の曲線、ヴィーナス風の腰つきを、見るな
と言っても無理なのさ。

ちらちら見えるブーツに靴下、
――身体はこうなってああなって……と熱く想ってしまうのさ。
あの子らは、あいつ変態よ、なんてひそひそささやいて……
――こっちはキスした唇を、ぬめっと、感じてしまうのさ……

この詩を書いた時、ランボーは満一五歳だったが、彼の生まれるずっと前から、日曜日（詩には木曜とあるが）の夕方ごとに駅前広場で、軍楽隊の演奏会が開かれ、街の人々の大きな楽しみになっていた。

三八歳のフレデリック・ランボー大尉と、近郷のロッシュに土地を持つ地主の娘で、田舎からこの街に引っ越してきたばかりの二八歳のヴィタリー・キュイフが出会ったのもこの広場の音楽会でのことだという。この詩では、見物の連中が、互いに精一杯見栄を張りあうさまを、少年ランボーは風刺画のように活写している。

第二節目の最後の行には、クロード・ジャンコラ Claude Jeancolas の注によると、かなり露骨な性的暗示が込められているという。ここを直訳すると、公証人が金鎖付きの時計をぶら下げているのではなく、反対に、時計ばかりが目立って、持ち主のほうが鎖にぶら下がっている感じだということらしい。しかも、注によると、breloques à chiffres（時計の鎖につけた名前を刻んだ飾り物）には、「睾丸《こうがん》」という暗喩もあるという。

シャルルヴィルは、先に述べたようにベルギーとの国境に近く、密輸品の煙草が手に入るし、フラマン風というかベルギー風のブルジョワも、ここに混じっているのである。

しかもランボーはその中に、女の子たちと仲よくしたくて、欲望にじりじりするような自分自身もちゃんと描いているのである。

第二章　年金生活者《ランチエ》を目指す神童

結婚はしたものの、ランボーの両親の家庭生活はうまくいかなかったようである。夫婦の相性がまず、よくなかったし、父親のランボー大尉は、リヨン、次いでグルノーブル、ストラスブールと、配属先が次々に変わり、たまに——結果的に——子供をつくりにくるくらいで、家にはめったに寄りつかないのであった。鉄道がやっと通じはしたが、交通事情は、今と比べれば不便な時代でもあった。

そして、この亭主が家庭を決定的に捨てた頃、母親はとんでもない教育ママになった。子供たちにつきっきりで勉強させ、詩の暗唱がちゃんとできないと、夕食抜きの罰を与えたりしたのである。

ランボーの時代の学校教育

当時の学校では、まず宗教教育が大前提としてあり、次に国語、すなわちフランス語とラテ

初の聖体拝領を終えた12歳のアルチュール・ランボー。1866年撮影　©Roger-Viollet/amanaimages

ン語の読み書きが重要であった。ラテン語は、日本でいえば漢文に当たる。模範となる文章の、書き取りと朗読、そして暗唱である。単語の綴りがちゃんと書け、ちゃんと音読できて、古典として尊重されている名文が自由自在に引用でき、空で言えること。さらにはラテン語で文章を書き、詩も作った。その能力が何より大切であって、場合によっては生徒の将来の階級を分けた。

日本では、戦後になって評判の悪くなった、いわゆる詰め込み教育である。その反面、自然科学の教育にはあまり熱心ではなかった。科学者となるのは、貴族や富豪の家に生まれて、よほど生活に余裕があり、立派な家庭教師につくなどした人が多かったようである。むしろ、歴史家のミシュレや博物学者ファーブルのように、〝民衆〟出身の学者などは稀といってよかった。

もちろん、一九世紀フランスでも、田舎の貧しい農民などには、自分の名前が書ければそれでよい、あとは、九九を覚えて卒業、それより農作業を手伝う、というような人たちは多数いたが、都会のエリート校では古典をみっちりやった。階級差の大きい時代である。

余談だが、ちょっと古い寄席芸人のピエール・レップ Pierre Repp の動画なぞを見ていると、彼がラ・フォンテーヌの朗唱をしようとして、きわめて巧みに登場人物やら類語、縁語を言いまちがえ、話をごちゃごちゃにしてしまう。

一九五〇年代か六〇年代のフィルムなのか、観客席の人々は、服装も整った紳士淑女という感じだが、その人たちが腹を抱えて笑う。皆、小学校で暗唱したラ・フォンテーヌがしっかり頭に入っているのである。でなければちっとも面白くないはず。

最近、あちらのテレビで観たクイズ番組で、回答者は、小学校の国語の先生ばかりだったが、シャルル・ドルレアン（一三九四～一四六五）の有名な句、「時は風と寒さと雨のマントを脱ぎ棄て……」を挙げ、さあ、この作者は誰でしょう、と問われて、誰一人として答えられなかったのには驚いた。日本でいえば、『古今集』の有名な歌の作者がわからないようなものであろうか。先生たちの誰の口からも、シャルル・ドルレアンという名が出なかったのである。フランスでも教育の大衆化、あるいはゆとり教育のような傾向があるのだろう。

一方、一九世紀中頃の高等中学（リセ）の生徒、ランボーは、「シャルル・ドルレアン公からルイXI世に宛てた手紙」というテーマで文章を書いている。それは泥棒詩人と呼ばれて、無頼な生活を送り、絞首刑の宣告をうけたフランソワ・ヴィヨン（一四三一〜一四六四以降）のために、シャルル・ドルレアンが恩赦を乞う文章の代作、という凝ったものである。ランボーはその中に自由自在に、綴りも古い中世フランス語のヴィヨン自身の詩句とシャルル・ドルレアンの詩句を織り込んで、実に見事なタペストリーのような作品に仕上げているのである。

それはさておき、とにかく、なによりも古代ギリシャ、ローマ文化と歴史を学ばせることが大事な時代であった。その一方でフランス史についてはそれほど詳しくなく、たとえば、ジャンヌ・ダルクについてみんなが知るのは、一九世紀、普仏戦争でフランスがプロシア（プロイセン）に敗れてからのことだったという。

古典文化を教えるためには、ラテン語、ギリシャ語を生徒の頭に叩き込まなければならない。特にラテン語。ウェルギリウスやホラティウス、オウィディウスをはじめとする名家の詩や散文を翻訳させ、また、テーマを与えてラテン語で詩や作文を書かせる。

学年の最後は修辞学級といったが、これはかなり程度の高い文学教育でもあった。だから、規矩の正しいフランス語が操れ、詩文の鑑賞力がある、ということに関していえば、フランスでは、一九世紀の教育を受けた人たちが一番優れているということになるであろう。

日本において明治の初年まで、学問といえばまず漢文、であったのとよく似ている。そして漢文がしっかり頭に入っていて、漢詩が作れ、漢文脈の文章が書けた明治の文人、たとえば漱

シャルルヴィルのロサ学院でのクラス写真。1864年撮影。最前列右から3番目にアルチュール・ランボー、4番目が兄フレデリック

石、鷗外に対して、大正、昭和の作家、たとえば芥川、荷風は一種の劣等感を味わわざるをえないことになったわけである。

ただし、フランス語はもともと、ラテン語がガリア（現在のフランス）の地で訛《なま》り、変化してできたような言葉なので、日本人が漢文、つまり中国語の古文のように、文法も発音もまったく違う言葉で読み書きするのとは事情が違うようである。

さて、気丈で気位の高い母親は、息子たちの教育に全精力を傾けた。

そしてその教育ママの抑圧もちゃんと、ランボーの次の詩に、書かれている。

七歳の詩人たち

そして母親は、宿題帳をぱたんと閉じ、
すっかり満悦のご様子で、なんだか、つんとして出て行った。
蒼目《あおめ》の奥、秀でた額のその奥で、
秘蔵の息子の魂が、反感に膨れているとはつゆ知らず。

一日中、強制されて脂汗。ひどく
頭はいいけれど。だがしかし、悪質なチックと妙な癖。
心の中の偽善者の、それがまぎれもないしるし。
廊下の隅の薄暗がり。壁にじっとり黴《かび》の跡。
通りすがりに少年はべえとばかりに舌を出し、
腰に拳を宛てがって、眼をとじたままじっと見る、暗黒の中の光の点。
日が暮れて、ドアが一枚開けられると、ランプの灯《あか》りで見えてくる。
この子が手すりに身を寄せて、屋根の上から降りてくる、
入り江のような陽を浴びて、何やらつぶやくありさまが。特に夏場は

へなへなと、なんだか気抜けのした顔で、
ひんやりしている雪隠《せっちん》に、かたくなに籠って出てこない。
臭いところでひそやかに、じっと想いに耽《ふけ》っている。（以下略）

面従腹背。驚くべきことに、少年時代――一八六五年（一一歳以前）――の自分用の雑記帳に、彼はすでにこんなことを書き付けているのである。

なんでまたギリシャ語やラテン語なんか、勉強しなきゃいけないっていうんだ？ そんなもの必要ないじゃないか。試験に受かろうが落ちようが、どっちだってかまわない……僕は地位なんて欲しくない。年金生活者《ランチエ》になるんだ……

幼い子が年金生活者になりたいとは面白い。彼の祖父がランチエで、働かなくてもいい、というその境遇を、子供は羨ましく見ていたらしい。

神童と教育ママ

しかし、母親がどうしてまた、こんなに異常なほど厳格な教育ママになったかというと、それは、もちろん、父親が帰ってこなくなったからである。

物見高い隣人の好奇心をぴしゃりと拒絶するために、三五歳で彼女は未亡人になりすまし、子供たちにも、友人らと交わることや、家への出入りを禁じていた。

そして一家の体面を保ち、今の階級から落ちこぼれないために、子供を思い切り厳格に教育しようとした。

それに、彼女の恐れていることが、実を言うとあったのだ。

それは、彼女の兄弟が不品行だったこと、そして今で言うその遺伝的性質が、何時子供に現れるかわからないということである。

まず、彼女の兄、ジャン＝シャルル・フェリックスは、トラブルを起こして、危うく軽犯罪裁判所送りになるところを、アルジェリアの派遣軍に志願してしばらくあちらに逃げていた。妹ヴィタリーの結婚後やっと帰ってきた時は顔が赤銅色に焼け、〝アフリカ人〟というあだ名で呼ばれるようになっていたという。

弟のシャルル＝オーギュストは、酒好きの度が過ぎるほうだった。父親は、この弟にロッシュの農園の経営を任せ、自分は、娘のヴィタリーに持参金を与えて、娘と一緒にシャルルヴィルの街に住むことにしたというわけである。

ヴィタリーとしては、一家の〝悪い血筋〟（モヴェ・サン Mauvais sang）が出ないように、子供は厳格に育てる必要があると、思い込んでいた。

長男のフレデリックは、母親の、この知的スパルタ教育に応えられなかったが、次男のアルチュールは、見事すぎるほどに応えたのである。

学校の先生は先生で、秀才が大好きであった。ランボー兄弟のいたシャルルヴィル高等中学の校長はデドウエという人物であったが、地区のアカデミーの学力コンクール優勝者を、なんとかして自分たちの学校から出したいと思っていた。さながら学力甲子園である。

校長は、ランボーなら、全国の秀才が集まるパリの高等師範学校（エコール・ノルマル・シュペリエール）に入《はい》れるぞ、と期待していたのである。

それにしても、表面は母親に従いながら、内心、舌を出す。その面従腹背ぶりを彼は幼年時代から、いたるところで発揮している。友人には、クーデタを起こして皇帝になったナポレオンⅢ世なんて「徒刑場送りだ！」と言っておきながら、その皇太子の聖体拝領《コミュニオン》のお祝いに、こっそりラテン語詩を送りつけたりする（時の文部大臣は歴史家のヴィクトール・デュリュイであったが、彼は、ルグロの『ファーブル伝』によると、一時、この博物学者を皇太子の家庭教師に、と思っていたという）。

かと思えば、満一六歳のランボーは、詩壇の実力者、テオドール・ド・バンヴィルに、お世辞たっぷりとも見える手紙を書き、自作を同封して、『現代高踏派詩集』に掲載をせがんだりするのである。

いずれにせよ、母親の厳しい教育は、その思惑にはまったく反して、というか皮肉なことに、彼女の毛嫌いする詩人としての天才教育とつながり、奇蹟のように実を結ぶのである。

一八六九年八月七日、つまり学年末の賞の授与式で、ランボーは、かつてない、というか、開学以来の華々しい成績を収めた。すなわち九つの一等賞を勝ち得たのである。賞状と、副賞として、モロッコ革で装釘を施した書物を授与する先生は、ランボーの名を連呼することになった。ランボー一五歳の夏である。

新任教師イザンバール（一八七〇年一月）

次の年の一月に、ジョルジュ・イザンバールという二一歳の先生がシャルルヴィル高等中学の修辞学級の担任教師として着任した。

修辞学級はリセの最終学年で、学業の総仕上げのクラスである。若い先生は、シャルルヴィルからほど近いドゥエの出身で、学士号をとったばかり。彼自身が詩人でもあり、若々しい、熱意溢《あふ》れる教育者であった。

デドウエ校長は新任の教師に、ランボーの自慢話がしたくてたまらない。若い教師の手前、威厳を示し、取り繕おうとするのだが、ランボーの話となると、つい顔がほころぶ。まるで、名馬を手に入れた馬主である。

「ところで、本校には、ランボーという生徒がおりましてねえ」

と、校長は話し始めた。

「いや、実は二人いるんだが、兄のほうは問題にならん。弟のほうがね、これがたいへんな秀才で、ふふ、去年の学年末も、一人で一等賞を九つも取りよったんですよ。賞の独り占めですな。独占はいかん。一人に九つも賞を与えるというのは我々としてもどうかとは思うんですが、どうしてもそういう結果になるですな。

……この子はきっとパリの高等師範学校生《ノルマリヤン》になると、私は踏んどるんですがね。何しろ去年のコンクールでも、題は『ユグルタ』でしたが、これがもう、詩の構成といい、展開ぶりといいすばらしいものでしてね！　もちろんラテン語の文章は完璧です。私は、答案をざっと見て、優勝は我が校！　とその場で確信したぐらいで……アカデミーの『広報』に全文が載りましたよ」

校長がこんなふうに、手放しで生徒を褒めるのも珍しい。いったいどんな生徒なんだろうと、授業に臨む前から、イザンバールは興味津々だった。

ジョルジュ・イザンバール

©Bridgeman Images/amanaimages

教室に入ると、真ん中の一番前に座っているのは幼い、小さな生徒であった。「ほう、この子か、〝夢見る親指小僧〟みたいだな」と、イザンバールは思った。生意気そうな生徒を想像していたからである。

「いかにもおとなしく控えめに見えるけれど、そういえば、どことなく油断のならぬ気配があるかな……」

授業が始まり、やがてランボーの受け答えに実際に接してみると、校長の自慢が、なるほど、とよくわかってくるのであった。

教師が題材として与えた古典の文章を、難しいものでもたちまち理解し、自家薬籠中のものとしてしまう。そして、自分の書くものの中にそれを、教師が唖然《あぜん》とするほど見事に織り込む。そして次にはそこから自由自在に創作するに至るのである。

先にも述べたように中世フランス語を見事に駆使した「シャルルドルレアン公からルイXI世に宛てた手紙」が、その好例であり、その次の段階の例が、「首吊り人どもの舞踏会」という詩なのである。

どうせ、点取り虫の優等生だろうと思っていたイザンバールは、ランボーの才能に、いつの間にか自分が魅了されていくのを感じた。レポートの類いを書かせると、言葉が正鵠《せいこく》を射るというか、ぴたり、ぴたりとカンどころを押さえており、生きているのだ。「それだ、その表現しかない！」と思わず口に出して言いたくなる。

このちびの少年は、たんなるひ弱な秀才などではなかった。詩の世界の未知の領域に向かって羽ばたく準備を整えつつある、底知れぬ力を秘めた怪物なのであった。

一方、アルチュール少年にとってイザンバール先生は、先生というより、唯一本当のことが言える相手、兄のような存在になっていく。ランボーは、自分の詩に関する考えを打ち明け、書いたばかりの作品を読んで批評してもらうのだった。学校からの帰り道、あれこれ語りながら少年は先生についていく。

自身が詩人でもあったイザンバールは、この生徒に本当に驚かされ続けていた。「なんという理解力、言葉の感覚！」と彼は舌を巻いたが、それは詩人としての共感を彼が持っているからでもあった。やがて彼は、先生をはるかに凌駕《りょうが》していく。

この優れた教師がシャルルヴィルに勤務していたのはわずか半年ばかりの期間にすぎないのだが、その間にランボー少年は、先生にも理解できない思想を目覚めさせ、異様なほどの進歩を見せるのである。

イザンバールは、ランボーたちと同じ種類の教育を受け、古典文学に関する十分な学識を備えた五歳年上の先輩であり、ユゴーやミュッセやボードレールを愛読し、ルコント・ド・リールやテオドール・ド・バンヴィルらが力を現し始めたパリ詩壇の新しい潮流についての情報も雑誌などから得ていた。

ちなみにユゴーは、大詩人ではあるが、ナポレオンⅢ世を批判し、亡命を余儀なくされた危険思想家であった。彼が亡命先からパリに帰るのは、普仏戦争の敗戦によって、ナポレオンⅢ世が退位してからのことである。

イザンバールも、立場上、政治に関して露骨なことは口にはできないまでも、ナポレオンⅢ世時代のリッチな、しかしようやくひずみを露呈し始めた社会に対するひそかな反感を、ランボーらと共有していた。彼はランボーに詩を語るだけでなく、休暇中、自分の部屋への出入りをこの生徒に許し、蔵書を自由に読ませてやった。厳格で、固定観念にとらわれている母親に厳重に監視されているランボーにとって、これは大変な特権であった。

ひそかな野心・有力詩人への手紙

しかし、この期間中にもランボーはただイザンバールに素直につき従っていたのではなかった。先にも言ったように、一八七〇年五月二四日付で、彼はひそかに（イザンバールにも言わずに）当時最も勢力のあった高踏派《パルナシアン》の大物詩人、テオドール・ド・バンヴィルに宛てて一通の手紙を書いている。自分の詩を、高踏派の雑誌に掲載してはもらえないかと、臆面もなく、しかもどことなく馴れ馴れしい調子で頼み込む手紙である。彼の野心がよくわかる。それはこんな文面である。

シャルルヴィル（アルデンヌ県）、一八七〇年五月二四日

テオドール・ド・バンヴィル様。

先生、

今や恋の季節です。そして僕は一七歳です。世間で言う、希望と妄想に満ちた年頃で、ミューズの指に触れられた子供である僕は、――こんな月並な言い方をお許しください――今や自分の信念とか、様々な希望、感覚など、つまり、詩人の領分の何もかもを――それを僕は青春と呼ぶのですが――語り始めたところです。

そう前置きをして彼は、読んでいる人間が恥ずかしくなるくらいぬけぬけと、高踏派を持ち上げる。

僕がこれらの詩篇のいくつかを、先生の元に送らせていただくのも、（中略）僕がすべての詩人たち、理想の美の追求に夢中になっている、すべての善き「高踏派」の詩人を愛すればこそ、なのです――なぜなら詩人とはとりもなおさず「高踏派」のことだからです。僕が先生のうちに、きわめて素直に、ロンサールの末裔、一八三〇年代の巨匠たちの兄弟、真のロマン派、真の詩人を認め、敬愛申し上げているゆえなのです。以上が詩をお送りする理由です。（中略）

二年か、いや、たぶん一年もすれば、僕はパリに行きます。（以下略）

パリに出たい。アルデンヌの田舎町では、読むべき本も、最新の情報もなく、プチブルどもの言うことすることには腹が立つばかりだし、お袋の監視下に置かれるのは息が詰まる。こんな生活、もう一刻も我慢できない……そう彼は思っていた。

その手紙の最後を、彼は、

「野心よ！　おお狂える女よ！」

と結んでいる。

第三章　出奔

とにかく、自分の詩をしかるべき人に読んでもらいたい。そうすればわかってもらえるはずだ——アルデンヌの田舎街シャルルヴィルにいて、自信満々、そして野心にじりじりするランボー少年が、パリ詩壇の領袖、テオドール・ド・バンヴィル宛の、先の手紙で送りつけた詩のひとつが、次に掲げる無題の作品である。のちに「感覚」と題されることになる。

感覚《サンサシオン》

夏の青い夕まぐれ、僕は野径《のみち》を歩くんだ。
麦がちくちくする中を、短い草を踏みにじり、
夢見心地でずんずんと、そぞろ歩きの爽やかさ。
帽子も被らぬ髪の毛を、風がさらさら　なびかせる。

なんにも言葉は発せずに、なんにも物を考えず。
それでも大きな愛情《アムール》が、魂の中に満ちてくる。
こうして僕は歩くんだ。遠く、遠くと、どこまでも。ボヘミヤンだぞ、この僕は。
自然の中を独りきり、――だけど女といるように。

一八七〇年三月

街中を離れて、青い空がいつまでも暮れなずむ、空気の乾燥した夏のフランスの田園地帯を行く快さ。自然の中での解放感。メロディーをつけられて、ギターの伴奏などでYouTubeに一番よく挙げられているのは、この詩と「我が放浪」とである。わかりやすいからでもあろうが、こうした弾むような自由さは、現代の若者にとっても同じく快いものであろう。

それにしても少年詩人は、ここで、髪の毛から脚の肌まで、全身が感覚《サンサシオン》の器と化し、見事に自然の中に溶け込んでいるかのようである。

普仏戦争（一八七〇年七月一九日）

この年、一八七〇年の七月一九日に、普仏戦争が勃発する。ナポレオンⅢ世が、戦術に長《た》けた老練なビスマルクの挑発に乗せられたのである。「フランス陸軍こそは世界最強、最大」などと、昔の夢を見続けて思い上がっていたフランス軍は、着弾距離の長いクルップ砲などの最新兵器を備え、十分に準備した、質実剛健のプロシア軍の前に、あっけなく打ち破られてしまう。しかも、プロシア軍には、あのスウェーデン人、アルフレッド・ノーベルが発明したばかりのダイナマイトまでがあって、橋梁爆破などに力を発揮したという。おまけに、開戦後ひと月とちょっとで、皇帝ナポレオンⅢ世がスダン（セダン）で捕虜になる。九月二日のことである。皇帝は、少なくとも戦術の点では伯父ナポレオンⅠ世の才能を受け継いではいなかった。

戦騒ぎのさなか、八月六日に修辞学級学年末の賞品授与式が行われた。ランボーは去年に引き続いて、華々しい成績を収める。しかし、その後彼は、自分から無期限の休暇を取ってしまう。まさにグランドヴァカンスである。この時限りで、学業を放擲《ほうてき》してしまうのだ。驚くべき集中力と、それに続く、まるで憑《つ》き物が落ちたような突然の放棄。ランボーにはこんな性向があるようだ。

八月二五日には、旧師イザンバールに宛てて、こんな手紙を書いている。

先生、

先生はいいですよね。もうシャルルヴィルには住んでいなくていいんですから！——僕の生まれた街ときたら、地方の小都市の中でもずぬけて愚かしい街です。このことについては、僕はもう、どんな幻想も抱いてはいません。おわかりですよね。メジエール——これがまた、どこにあるのかもよくわからないような小さな街です——にくっついた街だし、往来では二〇〇人か三〇〇人の兵隊どもがうろうろ歩き回っていて、もっともらしい顔をした住民が、これ見よがしにチャンバラのまねをしたりしています。それも、プロシア軍に包囲されているメッスやストラスブールの住民より、もっとわざとらしくやってくれるんですからね！　食料品屋のご隠居連が軍服を着用に及ぶなんて、まったく、オッソロシーです！　公証人も、ガラス屋も、税務署の職員も、大工も、要するに、腹の突き出た連中がどいつもこいつも、シャスポ銃を抱いて、メジエールの門のあたりで、愛国パトロールの任務についているんですから、スッゲー話です。祖国は立てり……僕としては、祖国にはお座りしていてもらいたいんです。（中略）僕は途方に暮れています。体調は悪いし、腹が立つやら、バカバカしいやら（中略）思う存分陽を浴びて、どこまでも歩いていきたい、休息と旅と冒険、つまり、思うさま放浪したいんです。（以下略）

プロシア軍は国境に迫っていた。九月二日に皇帝はスダンで捕虜になってしまったわけだが、シャルルヴィルとそのスダンとは、ほんの一〇キロほどしか離れていない。住民のうちの男たちが、プロシア兵ども、来るなら来てみろ、武勇を示すはこの時、とばかり、勇ましそうな格好をしてみせるのだが、それは敵が本当に侵入してくるまでの話である。

出奔

九月の初め、休暇中のイザンバールは、パリから一通の厚い手紙を受け取った。「誰からだろう、お役所からの何かの通知か」と思ってよく見ると、なんと、パリのマザス監獄からの通達ではないか。驚いて開封する。

中から二通の手紙が出てきた。一通はマザスの刑務所長からの書簡、もう一通はランボーからのものである。後者を開封してみると、見覚えのあるランボーの字で、いきなりこんな文面が目に飛び込んできた。

パリ、一八七〇年九月五日

先生、

先生が、これだけはやるな、と忠告してくださっていたこと、まさにそれを、僕はやってしまいました。家を飛び出して、パリまで来たんです！　八月二九日に旅に出ました。一銭も持っていないので、一三フランの不足運賃が払えず、列車を降りるとすぐさま逮捕されて警察署に連行され、今は、マザス監獄で判決を待っています。

「とうとうやりおったか！」田舎町の閉塞状況に我慢できず、ランボーはついに出奔したのである。

あの母親から小遣いなどもらえるわけがない。一文無しの彼は、唯一自分の自由になる金目のもの、つまり学年末にもらった賞品の本を売り払って、切符を買ったのだが、パリまで買うことはできなかった。この手紙で見ると、パリまでの不足運賃が一三フラン。大雑把に一フランを千円として約一万三千円ということになろうか。

当時汽車の運賃は高く、モロッコ革で装釘した書籍を売っても、パリまでの運賃には足りなかったのである。

それでも徒歩で、あるいは馬車で、がたごと、長い旅をすることを思えば、汽車を選ばざるを得なかった。鉄道以前に、大型の遠距離乗合馬車《ディリジャンス》とか郵便馬車《ポスト》が発達していたけれど、鉄道の快適さ、スピードには敵わない。ナポレオンⅢ世の第二帝政の三本柱は、鉄道、銀行、株式会社である。

ランボーはただ、運賃不足で捕まっただけではない、明らかに未成年で、風態も怪しい彼には、スパイの嫌疑もかけられた。国境近くの街から来たということもある。何しろ戦争中である。

ランボーのイザンバールへの手紙は次のように続く。相変わらず臆面もなく彼は頼みごとをしている。だがしかし、人のいいイザンバールは、というか、ほとんどランボーのファンになってしまっている彼は、むしろ、これに感動を覚えた。

……ああ！　先生を頼りにしています。先生は母親同然です。先生はいつも僕にとって、兄のような存在でした。助けてあげようと、おっしゃっていた。変わらぬ御助力をお願いします。母にも、地方裁判所の検事にも、シャルルヴィルの警視にも手紙を書きました。水曜日に、ドゥエからパリに行く汽車が出る前に、僕から何の知らせも受け取らなかった場合には、その汽車に乗ってください。それからこちらへ出向いて、書面によるか、それとも検事と直接会うかして、無理を言って、僕の身許を保証し、不足運賃も払って、身柄釈放を請求してください！（中略）これは僕からの命令です。そうなんです。可哀想な母を慰めるために手紙を書いてやってください。（シャルルヴィル・マドレーヌ河岸五番地）。僕にも手紙を書いてくださいよ。すべての手を尽くしてください！　先生を兄弟のように愛しています。以後は父親のように敬愛することになるでしょう。
先生の手を握り締めます。あなたの哀れな
アルチュール・ランボー
マザス監獄にて。
(それから、僕を釈放させることに成功したら、僕を「先生と共に」ドゥエまで連れて行ってください。)
ドゥエ
ジョルジュ・イザンバール先生

本来なら恐縮してちぢみあがっていなければならない、立場の弱いはずのランボーが、厚かましくも色々と面倒なことを頼み込み、というより要求し、「これは僕からの命令です」などと、いつの間にかイザンバールを支配しているようである。彼は、いつも相手をよく見定め、その相手に最大限の要求を突きつける。その方面でも天才的なのだ(どことなく、太宰治の手紙を連想してしまうのは私だけか)。

「それからこちらへ出向いて……」とは、パリまで来てくれということになる。金も時間も手間もかかるし、それは手紙ですむことである。


先の手紙にもあるように、この以前に「もう、こんな生活を続けることはできません。パリに出てジャーナリズムの仕事にでも就きたいんです」とランボーは言っていた。それに対し、

「そう簡単にはいかないよ」

と、新聞記者の経験のあるイザンバールの友人ドヴェリエールが言っていたし、イザンバール自身も、大学入学資格《バカロレア》だけは取っておけ、と諫《いさ》めていた。しかし、ランボーは、とにかく、

「もう、こんな生活を続けることはできません」と繰り返すのだった。そして後先も考えず家出を決行したのである。


それでもイザンバールは、一生懸命、監獄にいるランボーのために働いた。「私はすべてのことをした」と彼は『私のランボー』に書いている。

つまり、釈明の手紙を書いてやり、送金し、通行が許可されるなら本人をシャルルヴィルへ、それが駄目ならドゥエの自分の元へ出発させてやって欲しいと依頼したのであった。そしてイザンバールとその叔母たちは心配しながら待った。数日経って、ランボーは「私たちの所」に

着いた。

「私たちの所」とは、身寄りのないイザンバールを育ててくれたドゥエのジャンドル家のことである。

冗談ではない、今はまさに戦時下である。ノール県とアルデンヌ県との間の手紙のやり取りはベルギーを経由して行われており、郵便業務は遅れていた。その間九月二日に、スダンが陥落し、皇帝ナポレオンⅢ世が捕虜になったわけである。

九月四日にはパリに革命が起き、帝政が倒されて、共和政体の臨時政府が樹立されている。しかし、中央の情報はなかなか伝わって来ず、デマも混じって情勢は混沌としている。

九月五日になると、ヴィクトル・ユゴーが亡命先から帰ってきて、歓呼の声で迎えられた。第二帝政の崩壊はたちまち外国にも伝わっていた。

ランボーの母からの返事も遅れていた。それは九月一七日付だったが、二一日になってやっと到着した。内容は、アルチュールのために骨を折ったすべての人を呆れさせ、また怒らせるような身勝手なものであった。

しかし、彼女の心中は、容易に想像がつく。それは、

「とうとうキュイフ家の〝悪い血〟が出たか！　日頃あんなに厳しく躾けて抑えつけておいた

のに！」

というものであろう。

「自分の、あの、〝アフリカ人〟と呼ばれた兄やアルコール依存症の弟のように、ろくでなしになってしまったらどうしよう！」と彼女は一種の恐怖を感じていた。

イザンバールは結局、ランボーをシャルルヴィルまで送って行ってやることになる。九月二七日になっていた。

自宅に着くとランボーの母親は、お世話をおかけしてすみませんでもなく、いきなり息子の頬にぴしゃりと猛烈な平手打ちを食らわせ、めったやたらに打ち据えた。アルチュールも受け継いでいる、先祖の農民ゆずりの、赤い大きな手で。

出奔、ふたたび

結局、約一カ月ほどの家出になった。ジャンドル家での生活は、束の間ではあったが、それまでランボーの経験したことのない温かいものであった。イザンバールの叔母である二人の老姉妹に世話をしてもらい、自作の詩を清書して彼は楽しく過ごしたのである。

シャルルヴィルに戻ったランボーは、もはや、家でおとなしく母親の言いつけを守って勉強しているような元の高校生ではなかった。いわば、優等生モードから放浪詩人モードに切り替わっているのだ。

この頃の彼は、しょっちゅう元級友のエルネスト・ドラエーとつるんでおしゃべりをし、並木道や田園地帯を歩き回っていたが、その姿は、肩まで届く長髪に陶製《ガンヴィエ》パイプという、例のボヘミヤンの格好である。

それで、近郷の大人たちの顰蹙《ひんしゅく》を買い、子供たちからは石を投げられる始末。きちんとした人間は、月に一度は散髪するもの、とみんな思い込んでいる田舎である。

シャルルヴィルに帰ってから作った、九月二九日の日付のある詩はこの少し前、近くをうろついていた頃のものである。やっぱり歳を一つ、サバを読んで書いている。

ロマン

I

真面目なんかでいられるかい！　もう一七歳にもなってんだ。

——よく晴れた日の夕まぐれ、ビールにそれからレモナード、シャンデリア輝くカフェでの、バカ騒ぎなんかには、もう飽きた。
――緑濃いプロムナードの菩提樹《ぼだいじゅ》の、木の下道をそぞろに歩こう。
菩提樹の花はいい香り。六月の晴れた日の夕まぐれ！
甘い夜風がとろりと吹いて、思わず知らず眼をつぶる。
風渡り来るさんざめき――ここから街まで遠くはない――
ワインとビールの香も近い……

Ⅱ

――菩提樹の枝の隙間にほの見える、
暮れなずむ濃い青空のひとかけら。
悪そうな星がぴかりと光り、緩やかに揺れて溶けていく。
その小さな、真っ白な星。

六月の宵！　それに僕は一七歳！　――そりゃ、酔っぱらいもするだろう。

樹液はシャンパンで出来ている。そいつが頭に上るのさ……
ぶらりぶらりとぶらついて、唇に感じるキスの味。
ぴくぴく小さな生き物だ……

Ⅲ

心は浮つくロビンソン、ロマンの海を漂流し、
――と、その時、かわいい娘が道をよぎった。
ほの暗い街灯の光の中。（以下略）

乾いた空気の中で、夕暮れの時間帯に、菩提樹（セイヨウシナノキ）の花の香りがあたり一帯の空気を甘く包み込み、官能を捉え、恋心をそそるのである。

さて、厳しい母親は、ランボーに一銭たりとも小遣いを与えないことは以前と同じ。イザンバールへの手紙に、昔の級友たちにバカなことを言ってやったりして、ビールやレモナードの代金を払わせる話が出てくる。

いちど出奔の味をしめたランボーは、一八七〇年一〇月七日、つまり、帰って一週間とちょ

っとで、もう、二度目の家出を決行した。
というより、田舎の環境、そして母親との生活に、なんとしても耐えられなかったのであろう。学校の同級生や知り合いの家を訪ね、それぞれで一、二泊させてもらっている。級友の親たちには、学校時代の神童の評判が効いたのかもしれない。ともかく、初めのうちは受け入れてくれた。

今度はパリを目指すのではない。とにかく歩き出した感じ。足が勝手に動くのだ。ベルギーのシャルルロワなどを経て、ブリュッセルにたどり着く。汽車は部分的にしか利用しない。なにしろ金がないのだ。運賃不足で逮捕されるのにはさすがに懲《こ》りた。

イザンバールは、母親からの情報を頼りに、アルチュールの後を追った。なんとか連れ戻してやろうと思ったのである。

母親としては、イザンバール先生しか頼る人がいない。しかし、この若い先生は同時に、ヴィクトル・ユゴーの『レ・ミゼラブル』などの〝けしからぬ〟本を貸して、「あの子をこんなにした」責任者でもあるのだ。

イザンバール著、宇佐美斉訳『素顔のランボー』や、ジャン＝リュック・ステンメッツ著、加藤京二郎、齋藤豊、富田正二、三上典生訳『アルチュール・ランボー伝』（水声社）によって、ランボー二度目の出奔の足取りを、地図でたどってみよう。

まず一〇月の六日か七日、シャルルヴィルを出奔した彼は、ビリュアールという級友とその両親の住んでいる、小さな街フュメにいる。

地図で調べてみると、ここは、ベルギーのほうに突出した、現在の「アルデンヌ自然公園」(Parc Naturel Régional des Ardennes) の喉元の街であることがわかる。蛇行しているムーズ川に半分囲まれたスレート採掘の街である。

黒い真っすぐな筋目のある天然石のスレートは、屋根瓦の材料であって、北フランスの屋根はスレートで葺いてあるので蒼黒く、南フランスの屋根は焼き物なので赤い。

ランボー追跡の途中だが、この時期に書かれた詩に、戦争の悲惨さを描いたものがある。谷間に眠る一人の若い兵士を描写したもので、ランボーの作品の中でも、最も親しみやすいものだが、まだ若い、死ぬはずのない青年を無残に殺戮《さつりく》する戦争というものの理不尽さが書かれている。

だが、いわゆる反戦詩というのとはちょっと違うようだ。

日の光と、旺盛な植物の生命力の中、静かに横たわっている兵隊。これこそ、見事な人間の静物画《ナチュールモルト》である。

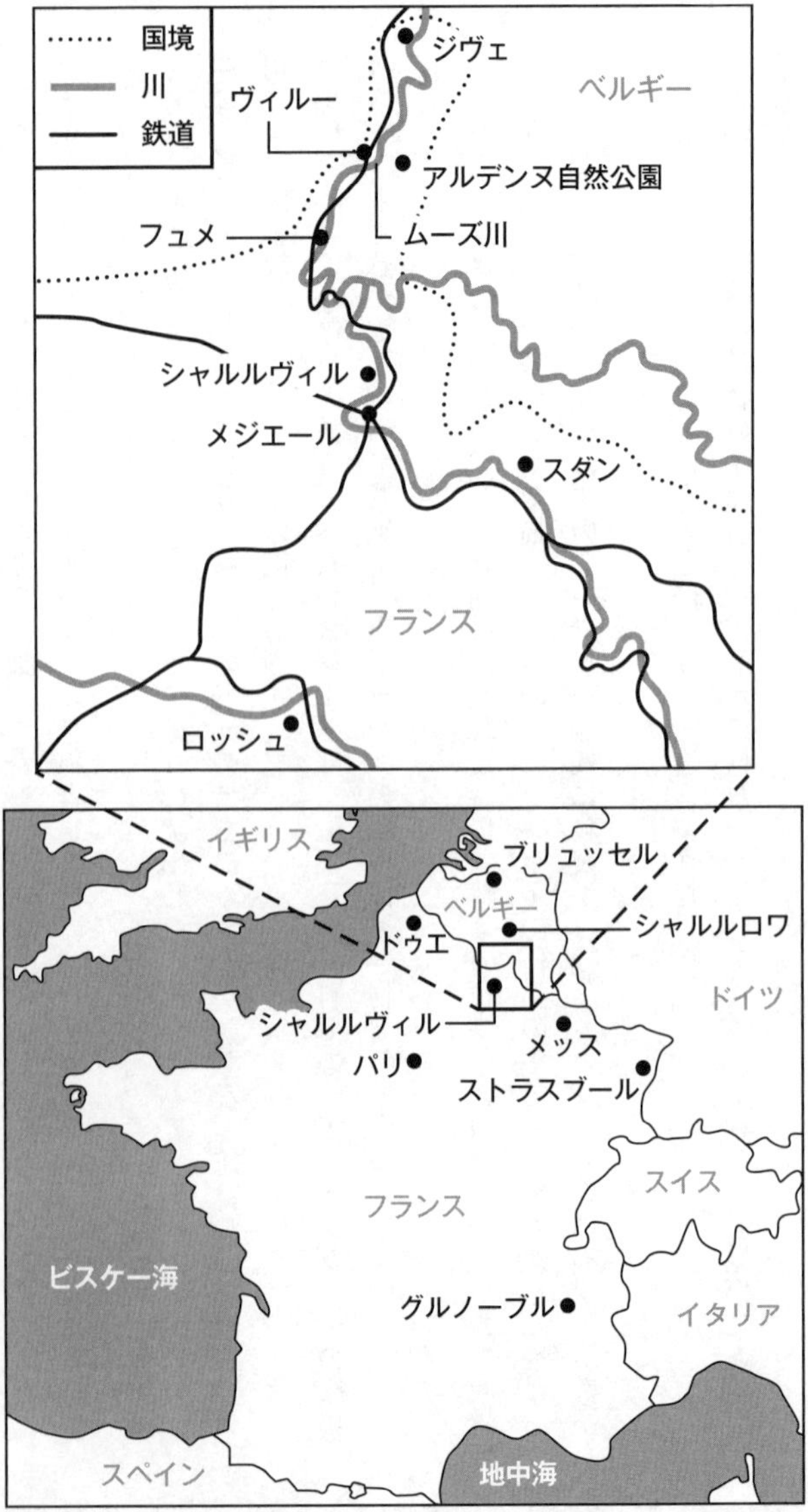
国境
川
鉄道
ジヴェ
ベルギー
ヴィルー
アルデンヌ自然公園
フュメ
ムーズ川
シャルルヴィル
メジエール
スダン
フランス
ロッシュ
イギリス
ブリュッセル
ベルギー
ドウエ
シャルルロワ
ドイツ
シャルルヴィル
メッス
パリ
ストラスブール
スイス
フランス
ビスケー海
グルノーブル
イタリア
スペイン
地中海

そして、その自然環境の描写は、出奔して、現在自然公園となっているこのあたりを歩き回っていた時に見た風景から思いついたものなのであろう。

谷間に眠る

緑したたる谷間の中　ぽっかり開いた小さな空間。せせらぎがさらさら
歌い、キラキラ激しく草の葉叩く、銀色の、水の
襤褸屑《ぼろくず》。高く聳《そび》える山の陽が、そこに
ぎらりと照りつける。光に泡立つ小さな谷間。

歳若い兵士一人、口を開き、帽子も被らず
首筋は涼しいクレッソンの茂みに埋もれて
眠っている。蒼白い顔をして、緑の褥《しとね》に。
高い空には薄い雲。そこに光が降り注ぐ。

菖蒲の茂みに脚投げ出し、眠っているのだ。病気の子供が

微笑むように微笑みながら。
母なる自然よ、暖かく抱いてやれ。彼はいかにも寒そうだ。
馥郁《ふくいく》たる花の香にも、鼻孔はぴくりとも動かない、
太陽のもと、手は静かな胸に置き、
ごく安らかに眠っている。右脇腹に二つ、赤い穴。

一八七〇年一〇月

太陽の光が泡立つような、緑の谷間にぽっかり開いた穴のような空間。光と植物の生命力が溢れている。そこに若い男が一人眠っている……か、と思ったら、あまりにも静かで、おかしい。よく見ると、呼吸していない。屍体だったのである。右脇腹には銃弾による、赤い穴が二つ開いている。「銀色の、水の襤褸屑」という表現が面白いではないか。自然の生命力と屍体の対比。一見生きているのか、と思わせるような若者。原題は「眠る人」だが、「眠る」とあえて宙ぶらりんの感じに訳した。

このフュメまでは、汽車で来たのだろう、という説がある。そこで彼は一泊させてもらった

後、ヴィルーの街までは徒歩。そこに級友アルチュール・ビナールの家がある。こんな風に級友の家が広い範囲に点在していることからもわかるように、この当時、高等中学（リセ）に進学する者は、同年代の何百人に一人というような、恵まれた家庭の子弟だったのである。

次の日は、川の流れに沿ってヴォーバンの城塞の聳える、ジヴェの街の、遊撃隊の兵舎に泊めてもらっている。

イザンバールが遅れてフュメに行ってみると、ランボーは、アルチュール・ビナールの家のほうに行った後だった。

訪ねてきたイザンバールにビナールは言った。

「ランボーですか？　来ましたとも！　でもシャルルロワに行っちゃいました。シャルルロワの新聞社のデ・ゼサールさんのところで編集者にしてもらえたらなあ、なんて言ってましたがね」

一応、職探しの旅でもあるのだ。しかたがない。デ・ゼサール氏の元を訪ねてみると、氏は、イザンバールを愛想よく迎えてくれ、こんなことを言った。

「あのランボーとかいう若者は、なかなかのもんですな。しっかりしてる。学校ではよくできたとか」

「ええ、そりゃもう」

「初めはねえ、私も、とてもいい印象を持ちましたよ。この若僧、ひょっとしたら使えるかもしれんと。で、家族と一緒に飯を食わしたんですがね、でも、あれはちょっと、なんというか、飛び跳ねているというか、過激思想の持ち主ですな。政治家を、右も左も、特に右をですな、ボロクソに言いおるんです。うちの新聞には向きませんで、協力の件は、丁重にお断りしましたよ」

「そうですか……で、それからどこへ行ったと？」

「私には、それは言わんほうがいいと思ったんでしょうな。こちらもあえて訊きませんでしたし」

さて、どうしよう。これでランボーの足跡は途絶えたわけである。しかしここまで来たら、ついでだから、久しぶりに、ブリュッセルにいる友人の家に顔を出してみようか。びっくりするだろうな……というわけで、イザンバールは友人、ポール・デュランのいるブリュッセルまで汽車に乗った。

彼としては、デュランとその母親を、不意に訪問して驚かせるつもりである。ところが、その家に着いてみると、

「いらっしゃい、お待ちしていましたよ。お部屋もちゃんと用意してありますわ」

というではないか。

「こりゃ驚いた、私の来るのがおわかりだったんですか？」

「そうですとも、生徒さんの〝ランボー君〟が、あなたが間もなく来られると知らせに来てくれましたからね」

「あいつが、ですか！」

「なかなかおとなしくていい子じゃないか」

と横から息子のデュランが付け加えた。

「そういうことだったのか！」

とイザンバールはやっと、ランボーのたくらみがわかった。このポール・デュランから、休暇を一緒に過ごさないか、と誘いの手紙が来ていることを、そういえば、ランボーの前でちょっとつぶやいたような気がした。住所にしても、友人のポール・ドメニーとの会話に出ているはずなのである。ランボーはそれをしっかり覚えていたのだ。

「かわいそうに、彼はずいぶん歩いてきたみたいで、ほこりだらけ泥まみれで、カラーは汚れてるし、ネクタイもよれよれだったよ」

当時の道路事情からいえばこれは当然で、ちょっと街道をはずれると未舗装のところが多く、轍《わだち》の跡が深く抉《えぐ》れていた。雨が降ればぬかるみ、乾けば土ぼこりが舞い立つ、という具合。直接砕石を並べるマカダム式舗装やアスファルトによる舗装が行きわたるのはもう少し後のことである。

「……それで、きちんとした身なりに着替えさせてやったんだ」

「え？　ランボーを、かね？」

「うん、君の大事な友達のランボーを、さ」

「あいつめ！　じゃ、ここにいるわけだね？」

「そうじゃないんだ。二晩泊まってったんだが、ついでだから、ベルギーを見学していきたい、あとはなんとかなりますから、なんて言い出してね。君が来るのは確実なんだから、待ったらいいじゃないかって言ってやったんだが……。いいですって言うんだよ。……それで、金もないだろうと思ったものだから、あの子なりに遠慮はしてたけど、いくらか旅費をあげたら、そのまま行っちゃったよ……。でもさっぱりして、ネクタイもちゃんと締めて、すっかりお洒落な格好でね……」

　もはやこうなると、イザンバールとしては笑うしかなかった。というより思わず吹き出してしまったのである。彼は友人ポール・デュランにこの冒険旅行の顚末《てんまつ》を話して聞かせた。そしてこの友人の家で、今度はイザンバール自身がたっぷりと、もてなしを受けることになったのであった。

「僕です。また来ました」

話はこれで終わらない。すっかりランボーに振り回され、とうとう空振りで、五、六日後諦めてドゥエに帰ってみると、叔母たちはいったいどうしたものだろうと、ひどく心配そうだった。というのは、ランボー本人が、叔母たちのいるジャンドル家にちゃっかり腰を据えていて、悠々と、自作の詩を清書していたからである。

「『僕です。また来ました』って入ってきたのよ。あの子ったら」

と叔母は、半ば呆れて笑いながら言った。家出少年の扱いに困っていたのである。

ランボーは、ポール・デュランからもらった旅費を使って、ドゥエ行きの直通列車に乗ってきたわけだ。

やがて、すっかりこの家の一員になっているようなランボーが奥の部屋から出てきた。その出で立ちは、縁をぴしっと折り曲げた流行のカラーをつけ、絹の金褐色のネクタイを締めて、ぴかぴかの、まさにダンディそのものであった。

彼はこの家に着いた時からぬくぬくと暮らし、詩の原稿を清書していた。今まで書きためた詩をポール・ドメニーにでも預けて、出版してもらいたかったようである。

それは文句なしの清書原稿で、少しでも書き消しがあると、新しい紙に初めから書き直すのだった。大判の上等の罫紙がなくなると、「紙が切れました」と言いに来る。それを日に何遍も繰り返す。だから、その度にイザンバールは紙の代金を、何スーかずつ彼に手渡してやらなければならなかった。

叔母の一人が「裏にも書きなさいよ、もったいないから」などと言おうものなら、彼は眉をひそめるようにして、「印刷用の原稿は、裏になんか書かないものですよ」と言うのだった。

この時、ランボーは二二篇の詩を清書し、それを、イザンバールの友人で、『落ち穂拾い』という詩集を出している、ポール・ドメニーに手渡している。彼の知るどこかの出版社から出してもらえないかというのである。

しかし、ドメニー宛の一八七一年六月一〇日の手紙では、……ドゥエ滞在の折に愚かにもあなたに手渡した詩を焼き捨ててください、と本気で頼むことになる。実際、それ以前の詩とそれ以後のものとでは詩の概念が完全に異なっている(以後のものが詩人イヴ・ボンヌフォワなどによって、現代詩と分類されることになるわけである)。

ランボーはすっかりこの生活に満足しているようであったが、未成年者を親に無断で、いつまでも預かっているわけにはいかない。一〇月末、ランボーの母親の依頼で、というか命令で、彼の身柄を警察に引き渡すことになった。この母に逆らうことはできない。なにしろ、ならず者やアルコール依存症の男兄弟を家から放り出してしまった鉄の女なのである。このアルチュールだって、いつそんな日に遭わされるかわかったものではないのだ。

結局、このジャンドル家で過ごした第一回目と二回目の出奔の、合計のひと月ほどが、ランボーの生涯を通じて、最も平穏で幸福な生活だったといえるであろう。
この放浪の想い出のような詩がある。これもジャンドル家で清書したものらしい。

僕の放浪――ファンタジー

僕はとうとう出ちまった。穴だらけのポケットに、拳骨《げんこつ》ぐいと突っ込んで、
外套だって摩《す》り切れて、もう着てないのと同じこと。
野宿の日々が続いてさ。ミューズよ、僕はあなたの臣下です。
オー！　ララ！　なんて大きな愛情《アムール》を、僕は夢見ていたことか。

半ズボン《キュロット》だってこれっきり。それにも大きな穴が開き、
――まるで夢見る親指小僧。歩きながらも
韻を踏む。僕の宿屋は大熊座。
――星座は、ぎんぎん光ってる。

その音《ね》を僕は聴いていた。道端にじっと座り込み、
九月の晴れた宵のうち。夜露が額に滴《したた》って、
まるで気付けの葡萄酒だ。

幻想《ファンタスティック》的な物怪《もののけ》に、韻を合わせてみたりして、
竪琴奏者そのままに、ぼろ靴の紐を引っ張って、
片脚　胸に抱き寄せる。

「ポケットに、拳骨ぐいと突っ込んで」というところに彼の決意が表れているといえるであろう。あの厳しい母親の元を飛び出すのである。そして詩作と歩行の結びつき。脚と心臓との連結である。

この時期のランボーは先述のとおり、髪を肩まで垂らし、ガンヴィエと呼ばれる陶製のパイプを吹かすボヘミヤンスタイルで、まさに、竪琴を手放さぬオルフェウスであった。それこそ〝二四時間、全身詩人〟といったところである。

そしてこれらの詩には、「歩く人《ピエトン》 piéton」としてのランボーの姿がある。実際、彼ほど歩き

続けた人間はいないと言ってもよい。手紙の中でも彼は「僕は一個の歩行者です、それ以外のなにものでもありません」と書くことになる。

それは別として、ほとんど宿なしのような格好で歩き続けているランボーは、さぞや汗臭かったことであろう。当時、街道沿いに、藁《わら》などを敷いただけの、狭苦しい小屋のような、宿なしの人用の簡易宿泊所が、所々にあったというが、そこはノミ、シラミの巣でもあったらしい。ジャンドル家に引き取られたランボーは、まず身体を洗い、イザンバールを育てた老姉妹にシラミを取ってもらった。

繰り返していうが、このジャンドル家で過ごした前後二回の出奔のゴール・インのようなひと月ほどが、温かい家庭というものを知らなかったランボーにとっては、人生で最もゆったりと落ち着いた、安楽の時間であったといえよう。

第二回目の出奔の時に書いた詩に、それとは別に、解放感と幸福感に溢れたものがある。

緑のカフェで

夕刻五時に

一週間、街道を毎日歩きづめ。石ころで、
僕のブーツは傷だらけ。シャルルロワへとたどり着く。
――「緑のカフェ」での注文は、
バタを塗り、ハムを挟んだ、サンドウイッチ。

あゝくたびれた、でもいい気持ち。テーブルは緑。その下に、
両脚どたりと伸ばしていると、眼に入るのは壁の絵だ。
描かれた模様は、なんとなく、素朴でとっても愛らしい。
ほら、そこに、巨乳娘が、運んできたぜ。眼はきらきら。

――キスぐらいでおびえる玉じゃない――！
愛想よく笑ってさ、持ってきたきた。生暖かいバタつきパンにハムを挟んだサンドウイ

ッチ。
色鮮やかな皿に載せ。
バラ色に白い脂の薄切りハム。にんにくの素敵な香りづけ！
――それから大ジョッキに生ビール。泡がふあーともりあがり、
夕日が綺麗《きれい》に射してきた。

この時の飲食代は、たぶん誰かのカンパであろう。

さて、シャルルヴィルに帰ってみれば、街中には、戦争気分が漲《みなぎ》っていた。なにしろ国境に近い街である。プロシア兵がいつ国境線を破って押し寄せてくるかしれない。街の中心、デュカル広場にも街路にも、武装兵士がいっぱいである。のみならず、食料品店の親父など、腹の突き出た連中が、いい歳をして、古い軍服を洋服ダンスの奥から引っ張り出して着用に及び、いいところを見せようと、銃を肩にパトロールをしている。そんな状況は、出奔前と同じである。ただ情勢はもっと緊迫していた。プロシア軍は目前に迫っている。
たまりかねてランボーはイザンバールに手紙を書く。

「僕は死んでしまいそうです。単調さと、悪意と、味気なさの中で腐ってしまいそうなんです」

悪意というのは、ランボーの出奔が、みんなのからかいの原因になったからである。完璧な優等生ランボーが、不良に転落した。

良識ある市民の顰蹙を買い、親たちは、息子に、ランボーとの付き合いを禁じた。

こうなったら付き合ってくれるのはドラエーだけである。

二人は、メジエールとシャルルヴィルの間の田園地帯を行ったり来たりしながら語り合うのだった。

第四章　見者《ヴォワイヤン》の修行へ

普仏戦争における、ナポレオンⅢ世麾下《きか》のフランス陸軍の見通しは甘かった。質実剛健で、ナポレオン（Ⅰ世）戦争の敗戦以来、臥薪嘗胆《がしんしょうたん》の一念で力を蓄えていたビスマルク率いるプロシアに、奢侈《しゃし》に慣れた、軟弱なフランス軍が勝てるわけがなかったのだ。

プロシア側が提示した休戦の条件は、

賠償金五〇億フランの支払い、アルザス＝ロレーヌの割譲

というものであった。アルザス＝ロレーヌを奪われたフランス人は、ひどく悲しみ、憤り、と、アルフォンス・ドーデ（一八四〇〜一八九七）の小説「最後の授業」などには書かれている。この小説は日本で国語の教科書にも載ったが、ドーデの書いていることをそのまま鵜呑《うの》みにするわけにはいかないようである。

アルザス＝ロレーヌなどは、もともとドイツ語文化圏に属し、エルザス＝ロートリンゲンと呼ばれていた地域である。住民にもドイツ風の、シュミットという名の人がたくさんいる。ずっと昔から、ドイツとフランスで、このあたりを取り合いしてきたのである。それが普仏戦争で奪われ、第二次世界大戦で奪い返されることになる。住民としては、どっちにでも適応する、それより政府がころころ替わるのが一番困る、というところであろう。

パリ包囲・籠城一三二日間の頃

一八七〇年の年末にはプロシア軍の砲撃がますます激しくなる。古くからの城塞都市であるメジエールはプロシア軍の攻撃目標になった。

そして、翌年一月にはメジエールもその近くのシャルルヴィルもプロシア軍に占領され、ランボーの高等中学（リセ）の級友、ドラエーの実家の雑貨店は砲撃を受けて炎上。這々《ほうほう》の体《てい》で避難しなければならなかった。

一月五日には、プロシア軍がパリ砲撃を開始する。プロシア軍には、前章で述べたように、最新の兵器があった。それに対し、フランスの大砲の弾は、敵の陣地まで届かない。

一月一七日からは夜も昼も砲撃されている。しかし、戦争は良きにつけ悪しきにつけ、小説に材料を提供するものである。

モーパッサン（一八五〇〜一八九三）の短篇小説「二人の友」や「脂肪の塊」にはこの時代のフランス人の生態が生々しく描かれている。すなわち、負けたフランス人の悔しさ。ブルジョワのいやらしさ。「脂肪の塊」あるいは「ぽっちゃり姐さん」とあだ名された、豊満な女の評価……。

そして、一月二八日にようやく、普仏休戦協定調印、パリ開城という運びとなる。しかし、まだまだパリに平安は訪れない。すなわち内部からの叛乱の兆しである。

厳寒と飢餓のパリ

二月二五日頃にランボーは、三度目のシャルルヴィル脱出を敢行。この時はパリ行きの列車に乗っている。職探しの旅だと、母親を説得でもしたのか、それとも誰かからのカンパがあったのか、金はなんとかなったようである。とにかく、動乱の現場に立ち会いたかったし、あわよくば新聞関係の仕事にありついて、パリで生活したかった。

しかし、季節が悪く、思い切り寒いのである。いや、寒いなどというものではなかった。パリの緯度は日本の近辺でいえば樺太である。冬の夜の明けるのは午前九時頃、そして午後三時頃には日が暮れる。一日中鉛色の雲に閉ざされ、たまに薄日が差すだけで、青空なぞは見えない。ブルジョワには安楽の季節だが、貧しい者には、凍てつく飢餓の季節なのである。

パリの街中を、国民軍兵士がパトロールしていた。政府軍は休戦協定に従って武装解除されており、正規軍から取り上げた性能のいいシャスポ銃を肩にしているのは、民間の予備隊であった。

いたるところのカフェで、興奮した人々が大演説をしていた。しゃべるのはタダである。

三月三日になってプロシア軍がようやくパリから撤退する。

セーヌ河は凍結し、荷馬車が橋を渡らないで、氷の上を通って近道をしていたという。

ランボーとしては、とにかくパリにいたかった。新聞社、出版社のある界隈をうろつき、ポール・ドメニーの詩集『落ち穂拾い』を出したアルティスティック書店などを訪ねてみた。ボナパルト街一八番地。

しかし、逆に、「ドメニーさんはどうしてますか」と訊かれただけで、ランボーが自分の詩を売り込もうとしても、興味を示すだけの余裕は相手側になかった。詩人たちも、動乱以前とは書くものが違っていて、みんな愛国的な詩を書いていた。時局に興奮し、気持ちが上ずっていたのである。

食料は欠乏し、誰も彼も空腹に苦しんでいた。とにかく、日々の飢えを満たさなければならない。どこに行ったら、ベーコンが手に入るとか、豆が買えるとか、そういう〝形而下的な〟

話に夢中の詩人もいた。

ランボーは、貧民たちと一緒に残飯をあさり、平底船の上に積んだ石炭の山の上に直に寝るような生活を送ったらしい。まさに宿なしの生活である。ポケットの金がなくなり、いよいよどうしようもなくなった。三月一〇日になって、シャルルヴィルまで歩いて帰っている。この前の秋の詩に書いたような、楽しい放浪とはまったく違う、つらい、窮乏そのものの、片道二四〇キロの徒歩旅行であった。

パリ・コミューン Commune de Paris の蜂起は、三月一八日のことである。だからランボーはその重大事件をシャルルヴィルで知ったことになる。それで、たぶん命拾いもした。

パリ・コミューンは、世界最初の「労働者の革命政府」、あるいは「革命自治体」である。ブルジョワの中にはフランス革命の時のパリの革命自治団体（一七八九〜一七九五）を連想する者もいたであろう。かつて王侯貴族ら特権階級の首をはねたように、今度は自分たちがギロチンにかけられることを予感して、恐怖を感じた者がいたにちがいない。

「無教育な、無法者の、ごろつきたち」が政権を握った。世の中がひっくり返る……日頃から「ダントンよ、サン＝ジュストよ、若者は君たちを待っている」と言っていたランボーは飛び上がって喜んだが、ブルジョワたちはぞっとした。

THE COMMUNISTS DESTROYING THE STATUE OF NAPOLEON

パリ・コミューンの蜂起で、ナポレオンⅠ世の像が倒される。1871年
©The Granger Collection/amanaimages

労働者の革命は、身近なところから湧いて出るように起き、生活を根底から覆すのであるから、プロシア軍よりむしろ不気味だった。政府軍は、革命派潰しのためには、敵国との不利な和平もいとわなかったという。

五月二一日、ヴェルサイユにあった政府軍は、パリに侵攻。コミューンの叛乱者たちと戦い、最後は、ペール・ラ・シェーズの墓地に追い詰めて、処刑、あるいは虐殺した。殺戮された者の数は、総計で、三万とも七万ともいう。「血の一週間」である。まさか、政府軍がここまでやるとは。

――こんなことはコミューンに参加した者の誰も想像しなかったにちがいない。プロシア軍相手に不甲斐ないように見えたこの軍隊が、同胞相手に底力を発揮した。軍隊というものは、たいてい、弱いものには強いのである。五月二八日、パリ・コミューンは崩壊した。小学校の教師で、女性の革命家、ルイーズ・ミシェルのように、捕えられてニューカレドニアの流刑地に送られた者もいる。

四月中旬から五月初旬、ランボーはふたたびパリに向かう。これで出奔は四度目、今度は初めから徒歩である。幸い季節は穏やかになっていた。動乱のパリをひとしきりうろついてから帰っている。どうしてもパリの詩壇に入り込みたいのだが、相変わらず成果はなかった。パリの表皮を突き破って、内部に浸透することはできなかったのである。

「見者の手紙」

パリから帰って、ランボーは五月の一三日に、イザンバール宛に手紙を書いている。若者特有の、自分勝手で、辛辣《しんらつ》な手紙である。しかし、そこに、なに憚《はばか》ることのない、本当のことが書いてあって、人の心を衝く、あるいは逆撫でするものとなっている。あえて意訳する。

シャルルヴィル、一八七一年五月

先生！　また教師になられましたね！　人は社会に尽くす義務がある、と先生は僕に言われました。そして先生は体制側に属している。つまり、出世街道をたどっているわけですね。

「体制側」！　初めから、ぐさと、相手の痛いところを衝いている。イザンバールとしても、「教師になって何が悪いんだ」とむっとしながら、内心、忸怩《じくじ》たるものなきにしもあらずというところ。体制側と言われれば、そういうことになる。

ラディカルなランボーは、続けて、責め立てる。

……僕のほうもその原則に沿ってやっています。つまり、破廉恥に養われているわけなのです。学校時代の愚図連中を引っ張り出してきては、思いつく限りの馬鹿馬鹿しい、汚い、けしからんことを奴らに言ってやり、してやります。そういうことを奴らに売り渡してやるのです。すると、その代償に、ビールや、葡萄酒で支払ってくれるという次第です。「人ノ子十字架ニカカリ、母、悲嘆ニクレテ立チ尽クシヌ」――僕が「社会」のために尽くさねばならない、それはそのとおりです――でも僕も正しいのです。――先生もまた正しい、今のところは。実際には、先生は、ご自分の原理として主観的な詩しか見ておられません。ふたたび大学の禄を食もうという先生の執着が――失礼！　――それを証明していますね。そしてあなたは、結局のところ、何もしなかった、何もしたいと思わなかったから、と満足している人みたいになってしまうでしょう。あなたの主観的な詩が、いつもいつも嫌になるほど味気ないだろうということは勘定に入れなくてもね。

最後のあたりは特に厳しい。「そしてあなたは、結局のところ、何もしなかった、何もしたいと思わなかったから」と決めつけている。そこまで言うか。

私事にわたるが、かくいう筆者は、一九六八年の大学紛争の時期に、ランボーについての論文を書こうとこの手紙を読んでいたのだが、大学院生とはいえ、まさにイザンバール側の気分であった。そのことについて、先輩が私にこう言った。

「君、ランボーは天才だからあれでいいんだよ」

余計なことを言う人だと思った。

ランボーは続けてこんなことを言い出す。

……僕は労働者になるつもりです。狂おしいばかりの怒りが、パリでの戦闘へと僕を駆り立てている今、僕を引き止めているのはこの考えなのです――あちらではたくさんの労働者らが、僕がこうしてあなたに手紙なぞを書いている今もなお、続々と死んでゆくのですが！　今働くことなんて、断じて否です。僕は今ストライキ中なのです。

「労働者になるだって？」どういうことかよくわからん、とイザンバールは思ったことであろう。しかしランボーは続けて、さらにわからんことを言い出すのである。

僕は今、一生懸命放蕩《ほうとう》に耽《ふけ》っています。どうしてだと思いますか？　僕は詩人になりたい、だから自分を「見者《ヴォワイヤン》」にするために苦心しているのです。あなたには何のことか、ぜんぜんおわかりにならないでしょう。それに僕のほうも、あなたにどう言ったらいいのか、ほとんど説明に窮します。あらゆる感覚の錯乱によって、未知に到達することが肝要なのです。苦痛は絶大です。しかし強くなければならず、生まれつきの詩人でなければなりません、そして僕は、自分が詩人であることを悟ったのです。これは全然僕の責任じゃありません。「我思う」というのは嘘です、こう言わなければなりません「人我を思う」と。――言葉の遊びのようですが。「我」とは一個の他者なのです。木切れが目覚めた時にはヴァイオリンになっていたとしても仕方のないことです。無意識人間は勝手にしろ！です。そんなのは自分の全然知らないことに口を出す手合いです。

そう言ってランボーは、一つの詩を書きつけている。それが、次の作である。ランボーはこれを、「風刺でしょうか。詩でしょうか。幻想《ファンタジー》です、相変わらずの。——でもお願いですから、鉛筆で線を引いてみたり、あまり考え込んだりしないでください」と頼んでいる。

責め苦の心臓

僕の悲しい心臓が、船尾でげろげろ吐いている、
兵隊煙草で気持ち悪っ！
奴らはそこに残飯を、じゃっとばかりにぶちまける、
僕の悲しい心臓が、船尾でげろげろ吐いている。
みんなをどっと笑わせる
兵隊流の悪ふざけ、
僕の悲しい心臓が、船尾でげろげろ吐いている、
兵隊煙草で気持ち悪っ！

弾痕弾痕歩兵助兵
あんな手合いになぶられて、僕の心が堕落した！
夕されば、奴らは壁画を書き上げる。
弾痕弾痕歩兵助兵
アブラカダブラ波頭《なみがしら》
僕の心を取ってくれ。そいつが救われますように！
（以下略）

イザンバールはこの手紙にまともな返事を出すことができなかった。

実際のところ、パリに行ったランボーは、バビロン兵舎で、安酒をしこたま飲まされ、きつい兵隊煙草でも吸わされたか。とにかく、ひどい目に遭ったようだ。

しかし、それまでのランボーの生活で、労働者や兵隊たちと、本当の意味で付き合う機会があったかというと、それは疑問である。

彼は、そうした階級の人たちとは、ほとんど隔絶されて大きくなっている。八歳で私立のロサ学院に入り、次にはエリート校のシャルルヴィル高等中学に通っている。近所の子供たちと遊ぶことは母によって禁じられていたし、民衆、労働者などというものを本当には知らないと言ってよかった。

そして、そんなお坊ちゃん育ちのランボーが初めて下層階級の荒くれ男たちと寝食を共にしたのであろう。

ちなみに、こういう兵隊というものがどんな感じか、これから半世紀ほど後の日本人、大杉栄が証言している。

普通のフランス人にとっては当たり前の、特に記すには値しないものを、大杉は外国人の目で見て記録しているのである。彼は、パリのメーデーで演説をして逮捕収監されたのち国外追放になり、帰国途中フランスの植民地だったベトナムの港でどやどやと乗船してきたフランスの兵隊たちを見る。兵役が満期になって、国に帰る連中である。そしてその連中の無教育で品の悪いのに驚いている。

ただの兵隊はみんな飲んだくれで、どうにもこうにもしようのないような人間ばかりだった。前にいった水兵どもは、みんな若くて、多少の規律もあり、薄ぼんやりした顔つきはしていたが、人間らしさは十分にあった。が、この兵隊どもになると、もういい加減の年恰好《としかっこう》で、豚のようにブウブウ唸《うな》りながらごろごろしている奴か、あるいは猛獣のような奴か、とにかく人間というよりはむしろ畜生《ちくしょう》どもばかりだった。

（『自叙伝・日本脱出記』岩波文庫）

フランスには明確な階級差があった。もちろん、日本にもそれはあったが、あちらではそれがもっと極端だったようである。特に言葉にそれは現れた。エミール・ゾラが民衆の言葉を小説の中で活字化した時、うるさいインテリ読者からは、大いに顰蹙を買ったぐらいである。ランボーがひどい目に遭わされたのも、おそらくこういう手合いによって、だったのであろうと想像される。

「**責め苦の心臓**」に戻れば、これは実になんとも斬新な、というか型破りな詩であって、「見者の手紙」に引用されるにふさわしい実験的詩作といえよう。というのは、こんな異様な音とイメージの詩は前代未聞だからである。これを読まされたイザンバールは驚いたことであろう。彼はパロディを送ってお茶を濁している。実際のところは、どう返事をしていいものやら、見当がつかなかったのではないだろうか。

デオニュシアの祭りの男根

とりあえず最初から説明を試みたい。

まず「僕の悲しい心臓が……」とある。フランス語で、胃は「心臓」と言い表されることがある。船酔いなどをして、吐き気がするという時、「アヴォワール・マル・オー・ケール avoir mal au coeur（直訳すれば「心臓の具合が悪い」）」と言わねばならない。まあ、日本語でも胃の具合が悪くてムカムカするような時「胸が悪い」と表現するから似たようなものであるが、とにかく、フランス語では、身体の一つ上の部分で表現するほうが上品な言い方になるのだそうだ（だから、女性の「胸」などは「喉」と言う）。

ここでランボーは、コミューン軍の兵営で、無理やり酒を飲まされ、安煙草を吸わされてひどい二日酔い状態になっているのであろう。それ以上の目に遭ったと推測する向きもあるけれど、特に傷ついた様子もなく、イザンバールらに平気で書き送っているところを見ると、そうではないように思われる。

「船尾でげろげろ吐いている」と繰り返されるが、フランス語では「バーヴ・ア・ラ・プープ」という、なんとなく滑稽な音である。

「弾痕弾痕歩兵助兵」はもっと露骨に訳すと「男根男根……」となる。ここのフランス語の音は「イティファリックゼピウピィエスク Ithyphalliques et pioupiesques」である。

「イティファル ithyphalle」というのは、古代ギリシャのデオニュシアの祭りの行列が担ぎ歩く男根の張りボテから来ている語で、「（彫刻などが）勃起したペニスを持つ」という意味である。

これはもちろん、ギリシャ語起源の言葉で、幼いランボーはかつて雑記帳に、「なんでまたギリシャ語やラテン語なんか、勉強しなきゃいけないっていうんだ？（中略）僕は地位なんて欲しくない。年金生活者《ランチエ》になるんだ」と書き付けたけれど、そのギリシャ語の勉強がこんなところで役に立った。

ピウピィエスク pioupiesques のピウピウ pioupiou とは、俗語で兵隊のこと。原義は幼児語の「ひよこ」のことだそうである。-esque は「〜風の」である（たとえば「アラビア風の」は「アラベスク arabesque」となる）。

高踏派の重鎮ルコント・ド・リールの詩にはギリシャ語がちりばめられて荘重な雰囲気を醸しているけれど、ランボーの詩には、もっと根源的な、というか、野卑で民俗的なギリシャ語が上手く、面白く使われているのである。

「アブラカダブラ波頭」と訳したのは、

Ô flots abracadabrantesques

という一行である。

海は遠いし、パリで河といえばセーヌ河であるが、ひょっとしてこの波は、吐いても吐いてもこみ上げてくる嘔吐感の波では、と思いたくなる。

見者の修行

さて、イザンバールに先の手紙を送った二日後、ランボーは、ポール・ドメニーに宛てて、さらに完成度の高い「見者《ヴォワイヤン》の理論」を書いている。最新作の詩をちりばめたりして、余裕綽《しゃく》綽《しゃく》の文章である。日本式に言えば、原稿用紙にして一〇枚相当の詩と詩論であって、古代から現代までの詩人を例に挙げて評価を下し、自分の理論を展開している。一般には、このドメニー宛の書簡のほうを「見者《ヴォワイヤン》の手紙」と称している。

それにしても、たった二日間で、これだけの考えをまとめ、分量的にもこれだけの文章が書けるものだろうか。まさに彼は思想の開花期、天才発現の時に当たっていたのだ、と思わざるを得ない。

ポール・ドメニーに、ランボーは、いきなり、こう書く。

　僕はあなたに一時間ばかり新しい文学について語ることに決めました。

そして自分の新作の詩を示した後、「——以下は、詩の未来に関する文章です——」と大胆な文学史を語り始めるのである。曰く、

すべての古代詩歌は結局ギリシャ詩、つまり「調和ある生活」に帰着します。ギリシャからロマン主義運動まで——中世も含めて——たくさんの文学者、作詩家がいます。エンニウスからテロルドゥス、テロルドゥスからカジミール・ドラヴィーニュまで、すべては韻を踏んだ散文、遊び、無数の愚かな世代の衰頽《すいたい》と栄光の繰り返しです。ラシーヌは純粋で雄勁《ゆうけい》、偉大な存在です。しかし、その脚韻を吹き消し、その半句をかき混ぜでもすれば、この「神聖なる馬鹿者」は、「〇〇起源論」の、どうでもいいような著者と同じくらい、今日では無名であったと思われます。——ラシーヌ以後遊戯にはカビが生えています。それが二千年も続いたのです！

次には、「我」とは何かということ。これはイザンバール宛の手紙でも言ったことである。ただし、比喩が違う。同じ比喩を二度使うのが嫌だったのか、それとも、我々のような後世の読者を本能的に予測していたのか。

なぜなら、「我」とは一個の他者なのです。銅が目覚めた時ラッパになっていたとしても、銅の責任ではありません。このことは僕には明白です。僕は自分の思想の開花期に臨んでいます。僕はそれを見つめ、それを聴いています。僕がヴァイオリンの弓をひと弾きすると、交響楽が奥深いところで鳴動し始め、あるいはひとっ跳びに舞台に躍り出てくるのです。

ボードレールこそは真の詩人である

そしていよいよ「見者の修行」について語る。これを読まされたポール・ドメニーには、ほとんどなんのことかわからなかったであろう。「とうとう狂ったな」とでも思ったかもしれない。

……詩人たらんと志す人間の第一の修行は、自分自身を認識すること、丸ごと認識することです。彼は己の魂を探求し、検査し、試練にかけ、識《し》るのです。己が魂を識れば直ちにそれを耕さねばなりません。（中略）しかし要は、怪物的な魂を作り上げることなのです。（中略）見者であらねばなりません、自らを見者たらしめなければならないのです。「詩人」は、あらゆる感覚の、長期にわたる、広大無辺で、しかも理由のある「錯乱」によって、「見者《ヴォワイヤン》」となるのです。あらゆる形の愛、苦悶、狂気——彼は自らを探求し、己の中にあらゆる毒を汲みつくし、その精髄のみを取るのです。苦痛は言いようのないほどのものであり、全身全霊を込め、超人的な力がなければできないことなのですが、そのようにして彼は、なかんずく偉大な病者、偉大な罪人、偉大な呪われ人となり、——そして至高の「学者」となるのです！——なぜなら彼は「未知」に到達するからです。（中略）彼は未知なるものに達し、そして狂乱して、ついに自分の様々なヴィジョンについての知的理解を失ってしまった時、彼はそれを確かに見たのです！前代未聞の言いようもない事柄に接しての跳躍の中で、もし彼がくたばるならくたばれ、です。別の恐ろしい労働者たちが、やって来るでしょう。彼らは詩人の倒れた地平線から手をつけるのです！

この、「見者の思想」なるものを、ランボーがいかにして思いついたか——それについては大量の研究があるのだが、ここでは筆者の考えだけを述べていこう。

まず、ここで述べているようなランボーにとっての真の詩人とは、ボードレールに他ならないということが、「見者の手紙」の中で、歴代の詩人を評定した後、『悪の華』の詩人を特別扱いし、こう言っていることからわかる。

ボードレールこそは、第一の見者、真の詩人であり、紛れもない神なのです。

彼の言葉を補えば、そして自分こそが、その後継者たる詩人だ、ということである。だからその言葉を素直に取れば、自分は、ボードレールの倒れた地平線から手をつけるのだ、ということになる。

では、その地平線とはどこか——それはとりもなおさず、『悪の華』の最後の詩篇の、その最終行である。

詩集の最後に置かれた詩、「旅」を、ボードレールは、

「未知」の奥底に、「新しきもの」を見出すために！

という言葉で結んでいる。そう読んでいけば、ランボーの「あらゆる感覚の理由のある『錯乱』」などの言葉の具体的な方法のイメージが、つかめるようである。すなわち「旅」の終わりの方には、

そして、もう少し賢い者どもは大胆にも〝錯乱〟に恋するものとなり、(中略) 広大無

辺の阿片の中に逃避する！

とあるからである。

第五章　「忘我の船」で大海に出る

「パリの奴らを驚かせてやる……」一八七一年、一七歳のランボーは、のちに述べるように、ヴェルレーヌに招かれ、シャルルヴィルを発つにあたって、この詩、「**忘我の船**」を同級生で親友のドラエーに朗読して聞かせた時、そう言ったという。

彼がパリに行く前に、まずこの大作を読んでみよう。「イリュミナシオン」も『地獄の一季節』も散文詩集であるから、実際、これは、韻文詩では、ランボーの代表作といえるものであろう。

パリ詩壇の反応

とはいえ、これを日本語で紹介し、何より朗唱に堪え得るものにすること、そしてその翻訳が、読んだ人を感動させるような詩の作品として成立するか、といえば、それは非常に難しいことである。まあ、大意を伝えるくらいがせいぜいだが、独りよがりであろうと、なんであろうと、できるところまでやってみようと思う。

とりあえず、かつての有名な舞台俳優で、映画でも人気のあった、ジェラール・フィリップや、ローラン・テルジエフ、ジャン・マレなどという人の朗読をYouTubeという便利なもので聴いてから、テキストに、謡いの本にでもするように強弱の印などを付けてみると、参考になるかもしれない。少なくとも、暗号解読式に黙読するよりはマシであろう。小林秀雄や中原中也の時代には望むべくもなかったことである。

ジェラール・フィリップは、いかにも舞台俳優らしく、抑揚をつけて、叫ぶように、啜《すす》り泣くように朗誦《ろうしょう》するし、他の人たちは、殊更に淡々と朗読しているが、やはりマイクの前で読み上げている感じもちょっとある。

原題は「バトー・イーヴル Le Bateau ivre」である。bateauが「船」で、ivreが「酔った」、ということ。最初に「酔ひどれ船」と訳したのは、上田敏であった。小林秀雄は「酩酊船」と訳している。

宇佐美斉は、「酔っ払った船」、平井啓之は、「酔い痴れた船」。いずれの訳し方も、表題だけを見れば、どちらかといえばぐでんぐでんに酒に酔った感じだが、しかし、主語je（自分）が酔っているのは、酒に、ではない。あえて言えば、詩に酔っている、というか、詩のために気持ちが高揚しているのである。

従って詩に我を忘れた、「**忘我の船**」と訳してもあながち間違いではあるまい。あんまり響きはよくないが——それに、言葉遊びではないけれど、「ヴォガ voga」とか「ヴォゲ voguer」と書けば、フランス語で「漕いだ」とか「漕ぐ」という意味で船の縁語ではある。

全部で一〇〇行のアレクサンドラン（一二音綴《おんてつ》詩）。二五のカトラン（四行の詩節）からなる長い詩で、男性韻と女性韻とが交互に用いられている。これを、交差韻というのだが、初めから仕舞いまで、きちんと韻が踏んである。この長詩は「見者の手紙」などから、ボードレールの『悪の華』の最後に置かれた詩「旅」を意識したものと考えられる。

それを日本語で同じように表現することはもちろん不可能。それどころか、この詩には、正確な意味が不明な詩句、辞書に出ていない語もある。とりあえず、自分にわかった範囲で、解説を試みるけれど、抽象画の印象を言葉でなぞるようなことになるだろうと思う。

また、かろうじて日本語になるかならぬか際どい訳文の、言い訳がましい解説として、随所で介入することを許されたい。

忘我の船

無感動の河を流れ下っている間《ま》に、

気がつくともう、船曳きどもに導かれている感覚も失せていた。
けたたましく叫びたてるインディアンらは、彼らを捕え、標的にして
衣類を剝ぎ取り、すでにトーテムポールに釘付けにしていたのだ。

フランドルの小麦船、はたまたイギリス棉花の輸送船のこのおれには、
乗組員たちのことなぞ、もはや念頭にはなかった。
船曳きどもがどこやらに姿を消すのと同じ頃、喧騒も静まって、
河は流れ下らせてくれた。かねてからおれの行きたいと願っていたその場所へ！

潮流のざんぶり、ざぶりと猛《たけ》り狂うただ中を、この前の冬、
子供よりも聞き分けのない脳みそを持つこのおれは、
かまわず進んで行ったのだ。陸からちぎれた半島でさえ、
これほどまでに気持ちを昂《たか》ぶらせ、未曾有の混沌《こんとん》に身を委ねはしなかったろう。

暴風雨が海上で、おれの目覚めを祝福してくれ、
コルクの栓よりも軽やかに、おれは躍った、

遭難者たちを永遠に弄《もてあそ》び続けるという、波の上で、
十夜の間《かん》、うつけた灯火《とうか》を恋しがることもなく。

最初の四節。この「無感動の河 Fleuves impassibles」とは何か。詩人的感性を持つ人間から見て、何事にも感動というもののない、いわゆる世間、ぐらいに、普通は取れるかもしれないけれど、ここでは特に高踏派《パルナシアン》（parnassiens）の詩の世界のことであろう。

彼が、パリの奴ら、つまり詩人連を驚かすために考えたのは、パリで一番勢力のある詩人たちを批判すること、すなわち高踏派批判だった。それで、最初の一行が決まった。
で、そのパルナシアンとは何かといえば、人間《じんかん》を離れて孤高を好み、神々のようにパルナスの山に住む境地を理想とする詩人たちのことである。「無感動 impassible」とは、熱い〝感動〟のロマン主義はもう古びたという、高踏派のいわばスローガンである。そしてランボーは、この、**「忘我の船」**である自分は、その高踏派の主導をも、すでに脱したというのだ。

「畜生、あの馬鹿野郎！」

この河下りは、あくまでも詩の世界での話である。

高踏派の詩人らは、たとえば、ミュッセのように感傷過多の観のあるロマン派から離れて、

不感、無感動を標榜《ひょうぼう》する。

こうした詩人たちの領袖ともいうべき人物は、当時、ルコント・ド・リールとテオドール・ド・バンヴィルであった。（ランボーは後者に手紙を二度送っている）。

この詩で主語 je（自分）は、船である、と先に述べた。つまり「フランドルの小麦船、はたまたイギリス棉花の輸送船」が主人公なのだが、パリに出たランボーが、バンヴィルのところに連れていってもらった時、無名の詩人は、大物詩人の前で、この長詩を朗読した。バンヴィルは、一応褒めたが、「どうして、船を主語にしたのかね」とか「bateau より vaisseau（ヴェッソー）のほうがよくはないかね」などと、助言するような調子で言ったそうである。

bateau より vaisseau のほうが大型船になる。

ランボーは、帰りの道々、「畜生、あの馬鹿野郎！」と悪態をついたという。

ここでインディアンなどが出てくるのは、ランボーがシャルルヴィルの図書館で読み漁った、少年冒険小説、たとえば、ジュール・ヴェルヌの『海底二万海里』や、エドガー・（＝）アラン・ポーの『ナンタケット島出身のアーサー・ゴードン・ピムの物語』、ヴィクトル・ユゴーの『海に働く人々』、そして「絵入り雑誌」の影響であろうという。

ランボーの大量の読書が、ここに反映していると言われ、学者の中には、このイメージはこの本から、などといちいち証拠となるものを挙げる人もいる。いわゆるリヴレスクな、読書からの知識といえば、この詩はその塊みたいなものである。

実際に、ここには様々に怪奇なものが謳《うた》われているが、それはすべて、読書という体験からきているわけで、実体験は、といえば、そもそもランボーはこの時点で海を見たことさえなかったのである。

幼い頃からの読み物によって「おれ」の心の中に住み着き、大声で叫びたてるインディアンたちは、今、高踏派の詩人らを捕え、柱に打ち付けて動けぬようにしていた。原文の「色とりどりに塗られた柱」を、あえてトーテムポールと訳す所以《ゆえん》である。

この詩には、フランス語としては珍しい音を持つ語が出てくる。たとえば、「未曾有の混沌」と訳したもの。これはtohu-bohuと書いて「トイ・ボイ」と発音する。語源は、ヘブライ語で、天地創造以前の混沌状態である（もっとも日本語の混沌という言葉も、元はといえば漢語であって、コントンという発音そのものは、やまと言葉とはかけ離れているようだし、その意味も、「トイ・ボイ」と同じく、天地がまだ開けず不分明な状態をいうらしい。ただし、コントンという音は、オノマトペの多い日本語の中でそれほど目立たないのに対し、フランス語の中で、トイ・ボイという音はいかにも突飛である）。

ところでこの je という主語に、どういう日本語訳を付すべきなのだろうか。選択肢はいろいろある。「おれ」「僕」「私」「我」「自分」その他。ここではとりあえず作者ランボーと船が重なるものとして「おれ」としておく。

その船が、「無感動の河を流れ下っている間」の動詞は、descendais と半過去、つまり、過去進行形になっている。ところが次には、「気がつくともう、船曳きどもに導かれている感覚も失せていた Je ne me sentis plus guidé par les haleurs」と単純過去がくる。単純過去は、突発的に起きたことを述べる時制である。はっと、気がついたのだ。

つまり、この時、高踏派の影響をもはや脱した、とはっきり言っていることになる。そして、今後は、自分の思うままに「かねてからおれの行きたいと願っていたその場所」を目指すというのである。それは船にとっては大海であり、詩人にとっては、四度も目指した詩の本拠地たるパリ、ということであろう。

暴風雨が海上で、おれの目覚めを祝福してくれ、

とあるが、この「目覚め」とは何か。「見者の手紙」の中に、

「僕は今、思想の開花の時期にあります……木ぎれが目覚めた時にはヴァイオリンになっていたとしても仕方のないことです」とか、「銅が目覚めた時ラッパになっていたとしても、銅の責任ではありません」、という言葉があった。それこそは、見者＝詩人としての目覚めである。「見者の手紙」を書いてからこの詩を書くまで、長くてもまだ四カ月ほどしか経っていないことに注目すべきであろう。

詩人であり、海上の船である自分は、子供の脳みそよりも聞き分けがなくなって、後先も考えず、嵐の中を行くように、この前の冬には、それこそ糸の切れた凧《たこ》のように、そして物語にある、陸地からちぎれてしまった半島のように、漂い出し、はやる心のままに、出奔したのだ、パリへと。

こんな風に、詩人自身と主語を重ねて解していくことが「正しい」かどうかはわからないけれど、とりあえず続けると、「この前の冬」というのは厳寒期のパリ放浪のことになるであろう。「うつけた灯火」は、あるいは、棄ててきた母親と故郷シャルルヴィルか。

いよいよ船は海に入り、海水が身を浸す。続く一節。

子供らには、青いリンゴの果肉より甘かろうが、
さらに甘美な、緑色した海水は、モミの木の我が船体に滲みわたり、
安酒と反吐《へど》の染みを洗い流した。
洗ってくれたのはいいけれど、何処《いずこ》かに流してしまった、舵と錨《いかり》も。

この部分は、先に取り上げた詩「**責め苦の心臓**」を思い起こさせる。パリに出て、たぶん、兵舎に潜り込み、実際の兵隊というものと付き合ったのである。そして彼は実のところびっくりした。これまでのランボーの生活では、こんな兵隊言葉をしゃべるような、めったに手も洗わない人々、ハッキリ言って下層階級の、労働者、兵士と実際に付き合って、言葉を交わすようなことはなかった。そんなことを厳格な母親が許すはずもなかったから、本物の呑んだくれたちのことなんか、彼は知らなかったのである。

兵舎で、彼らによる洗礼、あるいは通過儀礼を、ランボーは受けたのであろう。安酒を飲まされ、きつい兵隊煙草を吸わされてひどい二日酔いになった。げろげろ、吐いても吐いても込み上げてくる嘔吐感。煙草の味が口の中に染み付いて取れない。下品な冗談、馬鹿笑い。いずれも初めての体験である。しかし、操舵と錨を失ってしまったのでは、いったいこれからどこに行くのか、自分でもわかったものではない。

「安酒」と訳したところ、原文では vins bleus、直訳すれば「青い酒」となる。確かに、これで普通は安酒の意なのだが、この詩全体の色彩の基調は、大空と海原の青といえるので、青い酒という訳も可なのではないだろうか。

その時以来このおれは、どっぷりと船体を浸してしまったのだ、
星々に身を紛らわせ、乳白色に輝いて、青緑の空を吸い込む「海の詩」の中に。
そこを時折、流れていく、
青ざめ、恍惚《こうこつ》とした漂流物、物思いに耽《ふけ》る水死人が。
そこでは、いきなり、青海原が太陽によって、燃えるような赤に染められ、
猛り立ったかと思うと、ゆっくりと波打ち、
アルコールよりも強烈に、竪琴の音よりも広々と、
愛欲の苦い、褐色の輝きが発酵するのだ。
おれは知る、稲妻に切り裂かれる大空を、竜巻を、
砕け散る波と潮の奔流を。また夕暮れを、

白鳩の群れのように高らかに舞い上がる暁を。
そしておれは時折見たのだ、人々が、見たと信じていた物事を。

「青海原」と訳したところ、原文では、bleuités だが、こんな単語は辞書には出ていない。ランボーの造語だという。bleu から作ったのだとすれば、「青いもの」ということになる。

また、なんの確証もないといえばないのだが、「青ざめ、恍惚とした漂流物、物思いに耽る水死人」は、ボードレールと考えることはできないだろうか。ボードレールの存在が常にランボーの脳裏にある。それは忘れようとして忘れられるものではない。

「見者《ヴォワイヤン》 voyant」は、「見る《ヴォワール》 voir」という動詞の現在分詞からきている。見者は預言者であり、ものの深奥が見える人なのである。人々が見たと思うその奥に真実があり、「未知 inconnu」と「新しきもの nouveau」がある、という考えが「見者の手紙」の中心にあり、それはボードレールの詩「旅」に触発されたものなのである。

おぞましい怪獣の死

ここから先、視覚的にはまさに、旧約聖書の場面と、少年冒険物語の口絵のイメージをこき混ぜた世界のようだ。そして音響的に、たとえば、リムスキー・コルサコフの『シェヘラザード』の中の、「シンドバッドの冒険」の海の嵐のような曲の一節が、頭の中で鳴り響く。勇壮な美しいメロディーに満ちた交響楽。ランボーはこの時点で無傷である。『地獄の一季節』の時期のような苦さや疲労困憊《こんぱい》の気配はまだない。

あるいはまた、あえて俳優の朗読に頼るなら、この詩は、論理的、逐語的に理解するものというよりは、意味はもはやどうでもよい、もっぱら、朗読された時の音《おん》を聴き取り、稲妻のように、切れ切れに現れ、また消え去る単語のイメージの断片を味わうべきもの、という気もする。いわば抽象画のような詩である。「見者の理論」には、そういう要素もあるだろう。

おれは見た、神秘の恐怖が染み込んだ、沈みゆく夕陽《せきよう》が、
紫の長い凝固物を照らしているのを、
そしてまた古代の芝居の俳優たちのように、
大波がはるか遠くで、震える鎧戸《よろいど》のようにうねっているのを。

「紫の長い凝固物」とは何だかわからない。longs figements violets という表現をそのまま機械的に日本語に置き換えておく。

おれは夢見た　眩《まば》ゆいばかりの雪が舞う緑の夜を、
ゆらゆらと海の眼《まなこ》へと昇っていく接吻を、
未聞の精気が巡り来るのを、
そして、海蛍が、歌うように、黄と青の光で息づくのを。

おれは付き従った、何カ月もの間、狂った牛の群れさながらに、
暗礁の上に襲いかかる大波の後を。
まさか、聖母マリアの光り輝く素足が、ぜいぜいと、吐息も荒い大海原の鼻面を、
抑えることができるなどとは、思いおよびもしなかったのだ。

そしておれは衝突したのだ。信じられるか？　人間の肌をした豹の眼が
花に混じるフロリダ半島に！
また、水平線下の、青黒い海獣の群れに、
そして、手綱のように張りつめた虹の橋にさえも突き当たったのだ。
おれは見た、巨大な沼が発酵して、さながらひとつの簗《やな》となり、

中では、灯芯草《とうしんそう》に包まれて、怪獣レヴィアタンが丸のまま腐っているのを、べた凪のただ中で、海の水がくずれ落ちるのを、
そしてはるか遠くの風景が、滝となり、深淵へと雪崩を打っていくのを。

まさに、旧約聖書の世界である。レヴィアタンは「ヨブ記」「詩篇」「イザヤ書」に登場する怪獣である（英語読みではリヴァイアサン）。ヘブライ語の語源では、「ねじれたもの」という意味だそうで、蛇か鰐《わに》、あるいは鯨のような海の巨大怪獣となっている。

それが灯芯草、あるいは藺草《いぐさ》の中で、まるで簗にかかったおぞましい巨獣のような姿で死に、丸ごと腐爛しているのである。

旧約聖書には、鰐や河馬や一角獣（実は野牛、あるいは原牛オーロックス）などいろいろな動物が出てきて興味深いが、「ヨブ記」に出てくるレヴィアタンは、一度暴れると、海の波が逆巻くほどの巨獣で、口から炎を吐き、体には硬い鱗が生えていて、あらゆる武器を跳《は》ね返す不死身の怪獣であるとされている。その死はすなわち、古いキリスト教文化の死滅を意味する、と言ったら穿《うが》ち過ぎか。

近代の画家では、ギュスターヴ・ドレが、龍のような長い体で、蝙蝠《こうもり》風の膜質の翼を持ったドラゴンに類似のレヴィアタンを描いている。

氷河、銀色の太陽、真珠色の波、熾火《おきび》の空！
褐色の入江の奥での恐ろしい座礁。
そこでは南京虫にたかられた大蛇《うわばみ》が、
悪臭を放ちながら　ねじくれた樹木からずるりと滑って落下する。

子供たちにも見せたかった　青い波間の鯛の群れ
金色の魚、歌うたう魚どもを。
――泡立つ波の花々が　漂流するおれを優しく揺すり、
得もいわれぬ追い風が　おれに翼を与えたりした。

時折、極地にも温帯にも熱帯にも飽きてしまった、殉教者たる海は
すすり泣きながら優しくおれを揺すり、
黄色い吸い玉のついた日陰の花を差し出すのであった。
そしておれは、ひれ伏す女のように、いつまでもそこに浮かんでいた……

ギュスターヴ・ドレ（1832〜1883）が描いた「レヴィアタン」の版画

「黄色い吸い玉のついた日陰の花」とは、ごく単純に言って、ホンダワラのような海藻であろうと思われる。こういう、我々には見慣れたものでも、わざわざこんな風に形容されると、いかにも珍奇な植物に見えるということか。繰り返すが、ランボーは海の物語は多数読んでいたけれど、実際には、その海というものを見たことがなかったのである。

おれはまるで、船というよりは島であった。揺れている甲板上では、
ブロンドの眼をした鳥どもが、けたたましく争い、また糞をする。
そしてなおも航行を続けると、だらりと垂れた、か細い海藻をよぎって、
水死人らが、眠りながら、流されて行く　後ずさりのまま。

ところがなんと、入江の海藻の毛髪に搦め捕られ、
航路を失ったこのおれは、颶風《ハリケーン》のために、鳥も棲《す》まない天空に投げ出されたのだ。
たとえ、小型装甲艦《モニトール》やハンザ同盟の帆船であっても、
水に酔ったこの残骸を、すくい上げてはくれなかったろう。

自由のままに、紫の濃い靄《もや》を載せ、煙を吐きながら、

赤く染まった壁と化した天空に、俺は風穴を開けてやった。
太陽の苔、青空の青洟《あおばな》が、そこにはべったりと貼り付いていた。
これこそ、善き詩人の御連中にとっては甘いジャムだ。

この最後の二行なぞはなんともキタナイのだが、これはどうやら、従来の詩人、ことに高踏派を揶揄するもののようである。たとえば、一八七一年八月一五日に満一六歳のランボーが、歳を一つ偽って、テオドール・ド・バンヴィルに送った手紙「花に関して詩人に一言」の第一行目は、

こんな風に、いつもいつも、相も変わらず、黒にも紛う濃い青空のほうへと……

となっていて、ラマルチーヌなどロマン派の詩に多用される「青空《アズュール》 azur」と花のモチーフを、ランボーは、批判するというより、からかっている。
そもそも「アズュール」という語は、ルネッサンスの頃にイタリアから輸入されたもので、南国イタリアの明るい陽光と、それにまつわる輝かしいハイカラ文明の象徴としてもてはやされた歴史を持つ。しかし、そんなものは、もはや陳腐だ、とランボーは切り捨てる。「善き詩

人の御連中」という表現に尊敬の念はこもっていない。

上品な表現を重んじてきた詩の世界に、あえて汚らしい語彙を持ち込むのである。「腐肉charogne」を描写したボードレールより、青洟などと、ランボーはある意味で、もっと思い切った表現を駆使しているという気がする。一七歳やそこらで、こんな革新的な詩句を書き付ける——しかも十分計算済みで——この若者には驚くというか、呆れてしまう。

そして、そんな、夕陽の照り映える壁と化した詩の世界に、自分は風穴を開けてやった、というのだ。

さらに走り続けると、三日月形の電光に染められて、
黒い海馬ヒッポカンポスが後について泳ぐ　狂った船となって。
その頃だった、七月は　沸騰する漏斗《ろうと》を備えた群青の天空を
棍棒《こんぼう》で打ち据え　崩壊させていた。

七月、このあたりから、ランボーは、優等生であることをやめ、詩人へと方針を切り替える。

そして普仏戦争、パリ・コミューンの弾圧、と時代は急激に変わっていく。

身震いもしようというもの、五〇マイル離れたところで
さかりのついた怪獣ベヘモや、メールシュトロームの渦潮の轟《とどろ》きが聞こえているのだ。
青い不動の海原を、永遠に糸を紡いで渡るこの身は、
古い城壁に護られたヨーロッパを懐かしむ。

おれは観た　星雲のような群島を　そして錯乱した大空を、
航海者に示される島々を。
——お前は眠り、そして隠れ棲むのか　あの底知れぬ深い夜の中に。
数知れぬ金の鳥たち、おお！　未来の生気よ！

それにしても、おれはあまりに泣いた。暁は胸をえぐるようだ、
月は耐え難く、太陽は苦い。
刺激に満ちた愛情が俺の全身を麻痺させてしまった。陶酔のうちに。
おお、竜骨よ砕け散れ、海の藻屑《もくず》とならんことを。

この最後の一行。性的な願望をここに見る意見もあるが、人間にたとえれば「ああ、我が胸

よ　張り裂けよ」ということか。

ただひとつ、このおれが懐かしむヨーロッパの水、
それは、かぐわしい空気に包まれた夕暮れ時、
悲しみに満ちた少年がうずくまり、
五月の蝶さながらの、か弱い小舟をそっと放す、黒く、冷たい森の水溜りだ。

この、森の中の黒く、冷たい水溜りは、ランボーの故郷アルデンヌ地方の森によく見られるものだという。

おお、波よ　お前の倦怠《けんたい》に浸ってしまったこのおれには、
もはやできまい、棉花を運ぶ船の航跡をたどることも、
誇らしげな旗や吹き流しを横切ることも、そしてまた、
廃船の中でぎろりと光る　恐ろしい眼を避けて航海を続けることも。

この船の経巡ってきた大海は、最後に、森の中の、小さな水溜りへと収斂《しゅうれん》する。

最後の最後にくる、「廃船の中でぎろりと光る　恐ろしい眼」については、諸家の解説がある。もう使われなくなった老朽船、あるいは「廃船《ポントン》 ponton」は、牢獄として使用されたというから、ここでランボーは、おそらく、パリ・コミューンの敗残兵、処分あるいは処刑を待つ囚人たちのことを思い浮かべているのだろうというのである。一〇〇行の詩の最後の、「ポントン」という言葉の響きが、ピアノの、ポツンとした一音のように、なんとも心細く寂しい。

第六章　パリのランボー、ヴェルレーヌからの招待状

ランボーにとってパリは、一刻も早くどうしても行かねばならぬ、そして詩人として征服しなければならぬ首都であった。そこに彼は迎え入れられ、華々しい成功を収める予定になっている。それはほとんど自明の理であった。実際、「見者の手紙」に述べられているような、恐るべき批評眼からすれば、彼には、パリ詩壇の誰が、どの程度の詩人であるかが、まるで百年後の批評家のようにわかっていた。そして自分のこともわかっていたのである。

一方母親にとってアルチュールは、家でのらくらしている困った息子になってしまった。普仏戦争の前は優等生で、親としても鼻高々で近所の人に自慢できる息子だったのだけれど、どうしたことか、戦争の頃から急にグレ始めた。

何べんも家出をしたり、無賃乗車で警察の厄介になったり。しかも、学校が再開されても復学もしないで今や家にくすぶっている。

それなら役所にでも就職口を探すのかというと、いくら激しく叱っても、そもそもその気が

ないようで、机に向かって何やら書いている。それがどうやら詩らしいのだ。

実を言うとランボーのほうはその間、詩を書くこともさりながら、手紙を書くことに夢中だった。なんとかパリに働き口を見つけられないものかと、少しでも可能性のありそうな人に手紙を書いて送っていたのである。

イザンバールの友人でもあったポール・ドメニー宛の手紙に、彼の焦りが見える。ドメニーは一時パリにいて、あちらの書店から詩集を出したことがある。身の回りでは一番パリの詩壇に近い人であり、「見者の手紙」を送った相手でもあるわけだ。

拝啓

(中略)これじゃまるで、刑事被告人の立場に立っているようなものです。——一年ほど前から、普通の生活をすることを止めて、ご存じのような次第になっているわけです。四六時中、アルデンヌの田舎の、なんとも形容しようのない片隅に押し込められて、誰とも付き合ったりすることもなく、忌まわしく、馬鹿げた、執拗で不可解な仕事に没頭し、周りの奴らの質問や、無神経で意地の悪い呼びかけには、ただ沈黙で答えるだけにし、治外法権の立場を頑として守り通しました。それで、とうとう、鉛の帽子をかぶった七十三のお役所と同じくらい頑迷無比の母親に無慈悲な決意を固めさせる結果になりました。

母は僕に仕事を強制しようと思っています――シャルルヴィルで、臨時の、なんかじゃなく、ちゃんと定職に就け、というわけです。これこれの日までに何かの職を見つけよ、でなければ家を出て行け、というのです。――僕はそんな暮らし方は拒否しました。こちらの理由なんか説明しません。言うとおりにしていたら、ひどいことになったでしょう。今日までのところは、その期日をなんとか、延ばし、延ばし、してきました。そこで母は、僕に、いつでも勝手に家出するなり出奔するなりしておくれと望むまでになりました。金もないし、世間のこともよく知らない僕は、しまいには感化院に入るようなことになってしまうかもしれません。そうなったら、世間の誰も相手にしてくれないでしょう。

胸の悪くなるようなハンカチを口の中いっぱいに押し込まれたようなものです。話は実にシンプルです。

何か欲しいとあなたに言っているわけではありません。参考になりそうなことを教えていただきたいのです。僕は自由に働きたい。それも、僕の好きなパリで、です。これだけは覚えておいてください。僕は一個の歩行者です。それ以外の何者でもありません。僕はまさに徒手空拳で、あの大都会に出るのです。あなたは以前僕にこう言いましたよね。日給一五スーの労働者になりたい者は、しかじかのところに登録し、これこれの仕事をやり、こんな具合の生活をするのだと。僕もそこに申し込み、そういう仕事をし、そんな具合に生きていこうと思います。あまり負担にならない仕事を教えて欲しい、とあなたにお願いしておきました。ものを考えるのには、相当の時間がかかるからです。詩人であることさえできるのなら、単に食べていくためにブランコを漕ぐような仕事でも我慢できます。僕はパリへ出るのです。それにはしっかり金を貯めることが必要ですよね！　これだけ言っても、僕が真剣だと、あなたは見てくださらないのですか？（以下略）

「一年ほど前から普通の生活なんか止めてしまって……」というのは、普仏戦争開戦の頃から学校に行かなくなったことを指す。それからは見者を目指すようになった。それにしても、〝あまり負担にならないような仕事〟とは、なんとも甘い、というか、虫のいい願いである。当時の労働者は、一日に十数時間も働いて一フランとか二フラン稼ぐとかいう時代だったのだ、などと本気で咎《とが》めだてしても仕方がない。ランボーの本心はただ、パリへ出て詩人になりたいだけ。「鉛の帽子をかぶった七十三のお役所と同じくらい頑迷」なお袋は、「学校に戻らないんだったら、働け」と言う。実にシンプルである。この勤労道徳に凝り固まった母親は、とにかく世間体をよくしてもらいたいと思っている。学校を中退した若者が、働きもしないで、朝から晩まで家にいてのらくらしているのは許されない――そしてもちろん、それ以外の考えは受け入れられない。

「詩を書いている」はもっと許せない。いずれにせよ、「働かざる者食うべからず」である。実を言うと、彼女の男兄弟は、その点で、みんな落第であった。そして自分の子、長男のフレデリックはいかにも愚昧な男であったし、頼みとするのはこのアルチュールだけなのである。

しかし、詩人になることを決意したランボーは、本当のことを言えば、絶対に働きたくない。頑固さでは親子はいい勝負である。しかも、「パリの連中は、自分の詩を読んでくれさえすればわかるはずだ」と、自信というよりは確信を持っていたランボーは、パリで、一日のパンが手に入りさえすれば、あとは詩を書くことに熱中していられると思っていたのである。そんなことを言われても、ドメニーにはもちろん、その願いを叶えてやるだけの力はなかった。

ヴェルレーヌとの出会い

一方で、ランボーは歳を一つ上に偽って、パリ詩壇の有力者、テオドール・ド・バンヴィルに宛てて、からかうような、また、へつらうようにも取れる手紙を書いたが、望むような返事は得られなかった。

何度パリに行ってみても取っ掛かりがない。誰も知った顔がいないし、生きた固有名詞とは出会えないのだ。

その状況の突破口となってくれたのは、ポール・ヴェルレーヌだった。この詩人と一緒にいることによって、鉄の扉が開いたのである。彼が、いわば生きたパスワードであった。「見者の手紙」の中では、この『サテュルニアン詩集』（一八六六）と『艶なる宴』（一八六九）の詩人に、「見者《ヴォワイヤン》」の称号を与えるほど、少年ランボーは評価してもいた。

シャルルヴィルから出奔して、四度も挑戦してみても誰にも相手にされず、虚しく帰らざるを得なかったランボーに、ついにパリからの招待状が届いたのは、一八七一年九月半ばのことであった。ランボーは一七歳、いや彼は一〇月二〇日の生まれであるから満年齢で言えばまだ一六歳である。

この詩人なら自分を認めてくれるだろう、と思い、シャルルヴィルで付き合いのあったシャルル・ブルターニュという、文学を語りヴィオラを弾く面白い男から紹介してもらって、ヴェルレーヌに、自作の詩を同封した手紙をルメール書店気付で出していた。

返事は来ない。やっぱりだめか、と思いながら、もう一度手紙を書いた。

その頃ヴェルレーヌは、ファンプーという田舎に身を隠していた。パリ・コミューンの騒動の時に、それに対する支持を表明したために、叛乱の鎮圧後は、検挙を恐れて逃亡していたのだったが、ちょうどパリに帰って来ていた。立ち寄ったルメール書店で、ランボーからの二通の手紙を受け取った。そして、この手紙の作者の才能を直ちに見抜いたのだった。天才は天才を識る。

彼は夢中になって、それを友人たちに見せた。いずれもヴェルレーヌと同じ下級の役人たちだが、詩を書いている連中である。あえて名前を挙げれば、アルベール・メラ、エミール・ブレモン、レオン・ヴァラード、エルネスト・デルヴィリーなどである。といっても、これらの群小詩人の名前は、ヴェルレーヌやランボーに関して出てくるだけで、今では忘れられている。


「みんなが、君を呼び、君を待っている……」


待ちに待ったヴェルレーヌからの手紙は、十分に期待を持たせるものであった。休暇を取っていたので、と、返事が遅れたことを詫び、貴君をパリに迎えるために準備中だからしばらく待ってくれるように、と書いてあった。

九月一八日頃、ヴェルレーヌからの二通目の手紙が届いた。それは、

「すべて準備は整った、来たれ、偉大な魂よ、みんなが、君を呼び、君を待っている……」

というものだった。まさに、ランボーの期待どおりの手紙ではないか。その間ヴェルレーヌは、「アルデンヌの田舎街に、すごい少年詩人がいる。こんな詩を書いてきたよ、読んでみてくれ……」と、周りの詩人仲間に触れ回っていた。ヴェルレーヌはパリ育ちで、先述のように、昔馴染みの仲間が大勢いたわけである。

一方、ランボーのほうでは、

「とうとうパリの表皮を突き破って、その内部に入ったぞ！」

という感慨があったはずである。それまでは、本屋のショーウインドーを覗くだけだったのに、今度こそ、「知り合い」として、付き合ってもらえるのだ。しかし彼は、皮を突き破ったとはいえ、ボードレールやヴェルレーヌとは違って、パリにとっては、永遠に同化できぬ異物、いわばパラサイトであったのだ。


ヴェルレーヌの妻マチルドは、呼び鈴の音に、表の扉を開けに行った。一六歳で結婚した彼女はまだ一九歳で、もうじき子供が生まれようとしていた。

鉄格子の外に、のっそりと立っていたのは、一目で田舎者とわかる無骨な少年だった。身体全体にまだ幼さが残っている。

髪はボサボサで、よじれた紐タイを結び、大きな身体に童顔というのがアンバランスだった。しかも頬は赤く、いかにも、「農民の小せがれ」という印象である。青い目は澄んで美しかったけれど、後から考えると陰険そうな気がしないでもなかった。

「夫はいませんけど……」

と、思わず彼女は言った。夫、ポール・ヴェルレーヌは、詩人仲間の一人、シャルル・クロと一緒に、ストラスブール駅（現・東駅、ガール・ド・レスト）まで、ランボーという人を迎えに行っている。その人は、アルデンヌの歳若い天才詩人だというのであった。それで、もしや、と気づいて、

「あなた、ランボーさん？」

とマチルドは訊いた。

「そうです」

と相手は言った。やっぱりそうだった。若い天才詩人というから、流行の服に身を包んだ、エレガントな美青年が来ると期待していたのに、そこにいたのは、大きな手足をした、農民風の少年だった。マチルドはなんだかがっかりしたが、とりあえず一階の小さなほうの客間に請じ入れた。マチルドの母親も出てきた。

部屋には、田舎では見たことがないような、洗練された家具が置かれていた。見る人が見れば一目でわかる一八三〇年代の、ルイ・フィリップ様式なのだった。部屋の中は磨きたてられ、ひとつの趣味で統一されていた。塵ひとつ落ちていない感じ。母と二人、「これはここに置きましょう、あれはそこに」と、一日中気を配っており、それをまた楽しみにしているのだ。これぞパリの中産階級の上の部類、まさにプチブル趣味である。

部屋に通されて、勧められた椅子に座ったランボーのほうは、居心地の悪い思いをしていた。

はじめ彼は気後れしたが、そのうち、なんだかわからないが、無性に腹が立ってきた。この部屋の何もかもが気に入らない。やっと入り込んだパリの家庭というものがこれか、「ケチな価値観を後生大事にしやがって」。いっそ今履いているどた靴で、椅子やガラス戸棚を蹴っ飛ばしてやりたい気がした。それをじっと我慢している。

だから、それが表情に出る。迎えた側のマチルドとその母は、父親の職業のこととか、故郷の母親のこととか、いろいろ聞き出したいこともあり、愛想よく話をしようとするのだが、この田舎者にそんな常識は通用せず、相手は仏頂面で、「はい」「いいえ」としか答えない。アルデンヌの訛りを恥じて、なるべくしゃべらないようにしているのか。いや、そうではなく、およそ、社交性というものが欠如しているようなのである。椅子に座っているところを見ると短いズボンの裾から、母親の手編みらしい青い木綿の靴下がのぞいている。それに軽蔑を覚えたことを、マチルドは後々まで覚えていた。

だいたい、彼女らからみれば、童顔のこの男の子は、ただの高校生なのだ。革新的な詩を書き、まさか、その頭脳の中で、フランス文学史を揺るがすような大事件が起きている、などとは夢にも思わない。

一方、ランボーの身になってみれば、女どもの聞きたがることは、こっちの答えたくないことばかりである。ちょうど狩猟の季節で、マチルドの父であるこの家の主人モーテ氏は自分の所有しているノルマンディーの土地に、鉄砲撃ちに出かけてしばらく帰らない。この家の中は女たちの世界である。マチルドたちのおきまりの質問。

「お父様は何をしてらっしゃるの?」

「軍人です」

「まあ、どちらの連隊?」

と言われても、途中で家庭に寄り付かなくなった親父のことを、母親は子供の前で話さないようにしているから知らない。今はどこか、アフリカの植民地、たしか、アルジェリアあたりにいるとかいうことをかすかに聞いているだけだ。

「お母様は?」

「うちにいます」(うちのおっ母アにいっぺん会ってみるか? この女どもに会ったらおっ母アはなんと言うだろう……それにしても、ヴェルレーヌとその友達はまだ帰ってこないのか)と、ランボーはいらいらが募る。

ランボーとヴェルレーヌの妻、そしてその母親との会話は、まったく嚙み合わなかった。そもそも、その物言い、言葉つきが気に障る。

パリで生まれ、パリ訛りのアクセントで話すパリジャン、パリジェンヌは、田舎者、特に農民が嫌いである。それは自分の親の世代、あるいは祖父母の世代がたいてい田舎の出だったからで、かかわり合いになれば、それにまつわることども、遠い親戚などを想い出させられるということもある。

一九世紀の半ば、農機具の改良によって、農家の人手が余るようになった頃、都市近郷では、イギリスに遅れて産業革命が進行した。土地を持たない農家の次男、三男がそこで工場労働者となったり、小商売を始めたりした。その中から才覚のある連中が都市で産を成していった。パリの中産階級には、本《もと》を正せば、そんな家系の人たちが多かったのである。

パリの駅にて

時間を少しさかのぼって、一八七一年、九月下旬、アルデンヌからの汽車がパリに着いた時、ランボーは駅の人混みの中に立って、迎えに来てくれているはずの、ヴェルレーヌと思しき人物を探した。だが、なにしろ人が多くてよくわからない。『艶なる宴』の詩人のことは、繊細な韻律の、その作品なら知っているけれど、顔写真なんか詩の雑誌には載っていない（一緒にシャルル・クロという詩人が来てくれるらしいが、同様に顔は知らない。なんでも珍奇な発明をする人だというのだが）。

それで、送迎の人混みがまばらになると、「やっぱり、迎えに来てくれなかったんだ」と思い込んだ。去年の八月末（二九日）のことがランボーの頭を過《よぎ》った。あの時は、ベルギーのシャルルロワ駅に行き、ブリュッセル始発パリ行きの普通急行に乗ってパリに着いた。パリ北駅で運賃不足のため警察に逮捕され、パリ警視庁の留置場、ついでマザス監獄に入れられたのだった。

しかし、今度はヴェルレーヌの手紙がある。心急《せ》く思いで、詩人の書いてくれた住所を目指した。ヴェルレーヌの今住んでいるのは、妻の実家モーテ家で、ニコレ街一四番地とあった。そこはモンマルトルの丘の麓である。手紙の住所を頼りに、人に道を尋ねながら、ヴェルレーヌのこの家まで、小一時間かかって歩いてきた。

二〇世紀の初年に取り壊された、その家の写真が残っているが、三階建ての広い、瀟洒《しょうしゃ》な館で、鉄格子に囲まれた庭があり、厩《うまや》と物置小屋までついていた。正面の門扉は馬車での来客があった時に開かれる。その当時はパリにも、特にモンマルトルのあたりには、まだ、こんなオテル・パルティキュリエ（一戸建ての館）が残っていた。

詩集は出しているが、経歴はぱっとせず、コネを使ってやっと市役所職員の地位にありついたのに、パリ・コミューン騒動の時クビになっていたヴェルレーヌは、要するに、裕福な義理の両親の家に妻と共に住まわせてもらっていたのである。

ランボーとマチルドたちが途切れがちの会話を続けていると、やがて、脇の方の鉄門扉がギー、ガシャンと開閉する音がして、ヴェルレーヌとクロが帰ってきた。

「あなた、お客様はもういらしてよ」というマチルドの言葉に「なんだ、そうか」と合点がいった二人は、今度はランボーの見かけの若さ、というより幼さにびっくりした。なによりランボーが手紙に同封して送りつけてきた詩の与える印象とまったく合わない。大きながっしりした身体に、まるっきり子供、と言ってもいい顔が載っているのだ。道理で、駅でそれらしい人間を見かけなかったはずである。

しかし、ランボーにとっても二人の風貌は予想外のものだった。イメージが違う。

二七歳のヴェルレーヌは、その歳でもう頭が禿《は》げており、頬骨が高くて、そういえば確かに、詩集の題名どおり、陰鬱な〝土星びと〟という表情だったし、シャルル・クロは、ちりちり毛で、目が悪戯《いたずら》っぽく輝いていた。人造宝石やカラー写真の発明に凝るこの男は、シュールレアリスムの先駆けとなるような「燻製ニシン」という詩で有名になるのだが、ランボーとしては、こういうタイプの人間も田舎では見たことがない、と思った。

やがて食事になり、如才ないシャルル・クロはあれこれ話しかけるのだが、ランボーは、短い言葉で返答するだけで、やっぱり重い口を開こうとしない。

やがて食事が済むとランボーは、疲れているので、と言ってさっさと二階に上がり、自分のために用意されていた部屋で寝てしまった。

ここで、ランボーの手紙というものを思い出す必要がある。シャルルヴィルの高校生ランボーは、一度ペンをとれば、どんな相手にでも、どんなことでも、言葉巧みに、自分の思いどおりに話を通してしまうのであった。猫っかぶりでもあり、強引でもあったではないか。

リセの先生のイザンバールやパリ詩壇の領袖テオドール・ド・バンヴィルに書いた手紙で彼は、懇願したり、ねだったり、からかったり、果ては命令したりして、自分の要求をたいてい通してしまうのだったが、パリに来てからはまるで、ふてくされたような、挑戦するような態度を取り続けることになる。いったいこれはどういうことか。

ランボーは、この時すでに破壊願望にかられていたのではあるまいか。パリの詩壇を壊してやる――シャルルヴィルで考えてきたことがパリに着いて、はっきり具体化したのであろう。ヴェルレーヌの家庭を壊してやる、というのがそれに加わった。

ところで、当時の詩壇の情勢とはどういうものであったかというと、ヴィクトル・ユゴー、テオフィル・ゴーチエは影響力がもうないわけではないけれど、すでに生ける伝説であった。大御所は、ルコント・ド・リールとテオドール・ド・バンヴィルであり、その旗のもとに集まった若い高踏派が活発に活動している時代であった。ランボーにとっての真の神、ボードレールはもう死んでいる。

ヴェルレーヌも一応その派閥の詩人として分類されていたし、ランボーもバンヴィルに、「詩人とはとりもなおさず『高踏派』のことだからです」云々とおべっかを使っているぐらいである。

バンヴィルのアパルトマンには、ジョゼ＝マリア・ド・エレディア、カチュール・マンデス、フランソワ・コペ、ヴェルレーヌの市役所での同僚のデイエルクスとレオン・ヴァラード、それから、ヴィリエ・ド・リラダン、その他のヴェルレーヌの仲間に、ジャン・エカール、アルベール・メラ、画家のジャン＝ルイ・フォラン、カミーユ・ベルタンなどが集まっていた。そうした詩人たちが、『現代高踏派詩集』という出版物を、雑誌のように分冊でルメール書店から刊行していた。

ヴェルレーヌの仲間たちはその頃、パリ・コミューンの騒ぎがようやく収まったというので、レストランや居酒屋などでの夕食会を再開するようになっており、そこでは、食事の後、詩の朗読が行われていた。会の名は、通称「お人好しの醜男連」だったが、ヴェルレーヌはランボーに、その会で君を紹介してあげるから、作品を朗読するといい、と約束していた。

「お人好しの醜男連」の夕食会にヴェルレーヌはランボーを連れて行った。その日の会場はカモンイスホテルで、ここでランボーは、他の人の朗読が終わってから、「**忘我の船**」を朗読することになっていた。

この会にいつも集まるのは三〇人ばかり。メンバーはみんな若く、三〇歳前後である。実際に、毎週のように外で集まって飯を食い、わいわい酒を飲み、文学やその周辺の噂話をするのだから、若者ばかりである。家庭を持ったプチブルは、詩なんかとっくに卒業している。それでも、若い連中は、その席で自作の詩を朗読したりするのである。前にも述べたとおり、詩の暗誦、朗読は、学校教育のせいもあって当時、今よりはるかに盛んだった。

短い紹介があって、いかにも子供っぽいランボーが立ち上がり、アルデンヌの訛りの強い発音で、

無感動の河を流れ下っている間に……

と「**忘我の船**」を読み上げ始めると、朗読が進むにつれて場内はしんと静まり返った。新奇な言葉の組み合わせ、音の響き、イメージの奇怪さに、皆驚いた。今読み上げている少年がこれを作ったのか。「なんと、自分が今見ている状況が、自分の目が信じられない……」と、唖然としたのである。

レオン・ヴァラードというヴェルレーヌの友人から、当時新婚旅行でイギリスにいた、やはりヴェルレーヌの友人の、エミール・ブレモンに宛てて書かれた手紙が残っている。日付は、一八七一年一〇月五日。「**忘我の船**」朗読の大成功のようすが、きわめて好意的に記されている。それは以下のような手紙である。

君は「お人好しの醜男連」の夕食会に出席していなくて、ひどく損したよ。あの晩、詩人の発掘者のヴェルレーヌと、セーヌ左岸の洗礼者ヨハネ——つまり僕——の庇護のもとで、アルチュール・ランボーという名の、一八歳にもならない驚くべき詩人が登場したんだ。この少年は、でかい手、でかい足、一三歳の子供といっても通用するぐらいの、なんとも幼い顔つきで、深い青い眼をしていて、性格は内気というより、むしろ粗野な感じだった。だけど、その子供の想像力ときたら、今まで見たことも聞いたこともないような、力強さと頽廃に満ち溢れているんだ。それで我々の友人たちを魅了すると同時に畏敬の念を起こさせたんだよ。

「これほどの少年詩人が出現するとは、奇跡を語る説教者がもしここにいたら、なんという凄いテーマだろう!」とスーリは叫んだし、デルヴィリーは「三人の博士に囲まれた幼子イエスだ」と言い、メートルは「悪魔だぜ!」と断言した。そこで僕は「博士たちに囲まれた悪魔」という新発明の表現のほうがより適切だと思った次第だ。この詩人の経歴について僕は知らない。彼は故郷にも家族にも以後決して会わないという固い決意のもとにシャルルヴィルからパリに出てきた、ということだけを知っておいてほしいんだ。
パリに来れば、彼の詩を目にすることができるだろうし、君は自分で彼の才能に判断を下すことができるだろう。運命の神がしばしばやるように、予備に取っておいてある頭の上の石がなくなって、天才が頭をもたげたんだ。冷静に判断して、そう表現していいと思うんだけど、実を言うと僕はその判断に、すでに一分間ではなく、三週間も夢中になっているんだ。

家庭破壊者ランボー

ところで、シャルルヴィルのランボーへの手紙で、「来たれ、偉大な魂よ、みんなが、君を呼び、君を待っている」と景気のいい約束をしたものの、ヴェルレーヌにそれだけの経済力があったわけでは、ない。

それどころか、ヴェルレーヌは、先に言ったとおり、パリ・コミューンの騒動の後、市役所をクビになっていたのである。「血の一週間」でコミューンが崩壊したのはこの年の五月二八日。パリ市内で七万人が虐殺されてからまだ四カ月しか経っていないのである。その後の、コミューン派に対する弾圧は苛酷なものであった。コミューンを支持した経歴を持つヴェルレーヌは、いずれ自分にも累が及ぶのではないかと、びくびくしていた。後にロンドンに渡ったのも、ひとつにはこの弾圧の余波を恐れたということもある。そしてロンドンでは、異郷にあるフランス人仲間として、コミューンの残党たちと付き合うようになったのである。

だから、ランボーと出会った頃、彼は、母親から小遣いをもらって飲み歩き、妻の実家、モーテ家に住んで、食事の面倒まで見てもらっていたのだ。もうじき孫が生まれる予定で、マチルドの母親は、酒飲みで甲斐性なしの婿が心配だったが、娘のために大目に見ていた。

問題は一家の主人、モーテ氏である。彼はちょうど、ノルマンディーに所有する狩猟場にシーズン中ずっと、鉄砲撃ちを兼ねて土地の管理に出かけていた。だから、ランボーを泊めてやれるのも、この義理の親父が帰ってくるまでのことなのである。

結婚した当初彼は、独り者時代の放蕩もおさまり、おとなしくしていたのだが、パリ・コミューンの時期以来、飲酒とでたらめな生活が復活していた。そこにランボーが闖入《ちんにゅう》したのである。二人はモンマルトルの丘の周辺や、カルチエ・ラタンを長い間歩き回り、ブラッスリーやカフェで一服しながら、文学を、詩を語った。

一六歳で、一〇歳以上年上のヴェルレーヌと結婚したマチルドは、もうじき子供が生まれることになっている。その家庭にランボーはずかずかと入り込んだのだ。その存在は、マチルドの少女時代から夢見てきた幸せ、すなわち、白馬に乗った王子様との二人きりの結婚生活を破壊するものであった。部屋の中の置物ひとつさえ、自分の思うとおりの場所に置いて動かしたくないのに、この悪魔のような田舎者ときたら、泥靴で乱入してきて、毎夜のように、大事な夫をどこかへ拉致してしまう。いや、夫が率先して外出するのだから、夫も夫である。

ヴェルレーヌの飲酒癖はたちの悪いもので、飲むと前後不覚になるのみならず暴力を振るうのであった。その頃は、アブサン（アプサント）が流行りだった。これは、ニガヨモギの入った緑色の、アルコール濃度の高い酒で、中毒性がある、という噂があった。ヴェルレーヌはこの酒を特に好み、飲むと泥酔した。一種の酒乱といってもよかった。

もともと優柔不断で、意志が弱い。それを両親が溺愛して仕上げをした。甘やかされた青春期は放蕩三昧であった。家庭に入ってやっと、そうした乱脈な生活が治まったのだが、そこに家庭破壊者ランボーが土足で入ってきたのである。

それにしても、あれだけ猫っかぶりで、人の機嫌をとるのも上手だったランボーが、パリに来てからは、何者にも遠慮せず、ことさらに無作法な、他人に不快感を与えるような粗暴な言動を見せる。わざと、そんなふうに振る舞ったのだろうと思わざるをえない。

ランボーを追い出すために

モーテ氏がノルマンディーから帰ってくることになっていたのは、その年、一八七一年の一〇月半ばであった。ヴェルレーヌとしてはそれまでに、モンマルトルの家からランボーに出て行ってもらわなければならない。

シャルルヴィルのランボーに歓迎、招待の手紙を送った時には、生活を保障するようなことを書いたけれど、ヴェルレーヌ自身も、彼の仲間たちも若くて貧乏で、彼らにランボーの面倒を見るような力はなかった。それで代わり番こにランボーを泊めてやることになった。一八七一年の秋から冬にかけて、宿なしランボーは、めまぐるしくねぐらを変えることになる。

最初にシャルル・クロがサン＝ジャック街の彼のアトリエを提供することになった。ここで彼は人造宝石合成の実験をしていたのである。テオドール・ド・バンヴィルはその話を聞いて同情し、折りたたみ式の簡易ベッドやシーツなどを貸してくれた。

それなのにランボーはクロに、ことさらにいやがらせをし、クロの詩の掲載誌として大事にとってあった『アルティスト』のバックナンバーで尻を拭いたという。クロも流石に耐えかねてランボーに出て行ってもらう。

ランボーは、あらゆることへの苛立ちを感じていた。自分のことが決められないヴェルレーヌへの怒り。その友人たちにも愛想をつかされ、モーベール広場の宿なしの群れの中に潜りこんだりする。

ヴェルレーヌは詩人仲間に募金を募り、ランボーに一日三フランの生活費を集めてやる。どこまでも人の好いクロはその手紙に口添えをしてやっている。

一〇月末、ヴェルレーヌに男の子が生まれる。息子誕生の四日後、ヴェルレーヌは泥酔し、靴を履いたままの足を枕に乗せて前後不覚に眠った。

それでも、息子誕生からしばらくは、ヴェルレーヌもさすがにカルチエ・ラタンから離れて家庭でおとなしくしていたが、ランボーが詩人の集まりから姿を消しているのを知ってあわてて捜した。寒さをこらえながら、襤褸着でうろついているランボーを発見。責任を感じ、友人たちと相談して、またもや、ランボー少年の生活費の募金を募ったり、バンヴィルに住処を提供してやってほしいと頼んだりする。ビュシー街一〇番地の、バンヴィルの所有する屋根裏部屋を提供されたランボーは、モーベール広場の宿なしからうつされた、シラミ、ノミのたかった下着を脱いでばたばた煽ぎ、窓から投げ捨てて、裸のまま窓辺にいたというので、隣人が文句を言い出し、追い出される。この頃、ヴェルレーヌとの同性愛の噂も囁かれるようになる。もちろん、当時これは大変なスキャンダルである。

一八七一年の一〇月末頃、ランボーは「ジュティィストの集まり」に顔を出す。ジュティィストというのは、「Zut!《ズュット》（ちえっ！）」という間投詞に由来する会の名前である。会場は、サン＝ミシェル大通りとラシーヌ街の角にある「外国人ホテル Hôtel des Étrangers」で、ランボーはそこに仮のねぐらを得た。

その会の「アルバム」にみんなが書き込んだのは、高踏派の詩人たちの詩のパロディと猥褻《わいせつ》な戯れ唄である。ランボーはそれに二〇ほどの断篇を書いている。

ピアノのある部屋でのランボーのカリカチュアが残っている。音楽家のエルネスト・カバネルは、このホテルのバーで働き、ピアノも弾いていた。彼はコンセルヴァトワール（パリ国立高等音楽院）を出た音楽家で、様々な人の詩に曲をつけているが、名作として残っているものは特にないようである。彼の部屋にコップ洗いか何か、手伝いのような形で、ランボーは泊めてもらっていた。ピアノのレッスンも受けたであろうという。この頃ランボーは音楽にこだわりを持っていた。

ここではみんながアブサンを飲み、葉巻やハシーシュを吸ったようである。

カバネルが「アルバム」に書きつけた次のような詩が残っている。

カバネル作詞「ランバルド（ランボーのこと）に捧げる七つの音階のソネット」

詩人よ、シャルルヴィルの田舎からやって来て
君はパリでいったい何してる？
お帰りよ、天才もここにいたんじゃしょうがない、
宿もなく、飢え死にしかねない情けなさ。

ねえ坊や、君はこんなところで何してる？
――僕は待ってる、待ってる、待ってるんだ！

「僕は待ってる」というリフレインは、当時流行っていた別の曲から取ったものだというが、これが当時のランボーの口癖のような言葉でもあったらしい。
では、彼は何を待っていたのか？　それは、後に述べるように、「〝暗殺者〟の時」であった。
一一月の末、シャルルヴィルから昔の級友ドラエーがパリを訪れている。彼にとっては初めてのパリであった。ランボーのアドレスとしては、ニコレ街のヴェルレーヌの家しか知らない

から、そっちに行った。ヴェルレーヌが折よく家に居合わせ、二人一緒に、乗合馬車でカルチエ・ラタンの「外国人ホテル」までたどり着いた。

ドラエーは、その場の異様な雰囲気に肝をつぶした。煙草の煙の立ち込める中で、髭を生やした男たちが、大仰な身ぶり手ぶりで、興奮してしゃべっている。

ランボーに会いに来たと告げると、黄褐色のオーヴァーを着た男がよろよろと、部屋の隅から出てきた。背が伸びて、見違えるほど大きくなっているが、ランボーだった。目が腫れた感じで、ぼんやりして、ろれつが回らないような話し方でこう言った。

「今、ハシーシュ吸ってた。こいつをやると、ひどく頭痛がするんだ」

「で、どうだった？」

「黒い丸やら白い丸が代わり番こに出てくるだけだ……」

ボードレールの『人工の天国』によると、ハシーシュは〝気難しい〟麻薬で、一回や二回試みたところで、本当の trip はなかなかできないのだという。彼が書いているような、約束の時は、まだ来ていなかったようである。

年末には、ランボーはジュティストの会から追放されている。というか、金がないために、寝泊りしていた「外国人ホテル」を追い出されている。またも宿なしである。ヴェルレーヌは心配して、いつものとおりシャルル・クロ、バンヴィルらに相談し、一二月末にランボーは、『レ・ミゼラブル』の中のパリの浮浪児に感じが似ているというので、ガヴロシュとあだ名された画家のフォランと共に、カンパーニュ・プルミエール街一四番地の屋根裏部屋に住めることになった。

ランボーは、ヴェルレーヌにとってずいぶん高くついた。つまり、彼は一文無しであるから、二人で飲んだ酒代は全部ヴェルレーヌが払うことになる。ランボーがパリに来てからの二カ月の間に、二人で飲み歩いて二千フランぐらい使ってしまっただろうというのである。これは市役所にいた時取っていた以上の金額である。

そう言われてもあまり実感はないけれど、まあ、一フランが千円という説があるから、二〇〇万円ぐらい使ったのだろうか。小遣いに困ったヴェルレーヌは、最近死んだ伯母の遺産を受け取ってこようと、一二月の末にベルギーまで旅行することにした。

ヴェルレーヌはとことん、このアルデンヌ出身の、傲慢で、粗暴極まる、時に狂犬のような天才に入れあげることになる。

実際、ヴェルレーヌ以外に、まともにランボーと付き合う者はもはやいなかった。もし、ヴェルレーヌがこれほどランボーに惚れ、身も心も、そして家庭も財産も、彼との生活に捧げなかったら、ランボーはパリで路頭に迷い、飢え死にするか、肺炎にでも罹《かか》って死んでしまうか

ファンタン＝ラトゥールが描いた「食卓の片隅」。左端に座るのがヴェルレーヌ。その隣がランボー

したであろう。いずれにせよ、見者《ヴォワイヤン》の詩作は実現しなかったにちがいない。

追放

画家のアンリ・ファンタン＝ラトゥール（一八三六〜一九〇四）が、「食卓の片隅」という題で詩人たちの群像を描こうと考えたのが、この頃であった。彼の最初の考えは、ユゴー、ルコント・ド・リール、フランソワ・コペ、バンヴィルら、大物詩人たちを描いて、自作の「ドラクロワのアトリエ」と対になるような大作を仕上げることであった。

ところがこういう詩人たちから同意を得るのにも、ポーズを取ってもらうのにも、その調整にあまりに手間と時間がかかり過ぎるのにうんざりして、画家は計画を縮小せざるをえなくなってしまった。一緒に描かれるのを断った詩人メラの代わりには花瓶が描かれている。

一八七二年一月末にランボーは「お人好しの醜男連」からも追放されたわけだが、それには十分な理由があった。ランボーがパリに来て、その会合に連れられて行った何回目かの夜には、オーギュスト・クレッセルという男が自作の詩を朗読することになっていた。詩の題名は「戦闘のソネット」だったが、朗読が始まるや、最初の数行で、それがあんまり優れた作品でないことが、わかる人にはわかってしまった。何処かで聞いたような、陳腐な詩句の連続。鮮やかなイメージがひとつも湧いてこない、ぼんやりした形容句。

そのうちみんな退屈しだして、手慰みをしたり、ポケットの中身を整理しだしたり、本を取り出してちらちら見たり、傍の友人とちょっと話したり。それでも、自分だってここで作品を

ポール・ヴェルレーヌによるランボー像。1872年

©Roger-Viollet/amanaimages

発表する時のことがあるから、あんまり失礼なことはできない。

と、思っていると、ヴェルレーヌが連れてきたあの山出しの少年が、まるで、合いの手を入れるように「くそ！」と声を出し始めた。

褒めてもらえるものと思い込んでにこにこしていたクレッセルはびっくりして、青ざめ、次いで怒りで真っ赤になった。この会で、そんな乱暴な批判はやらないのが暗黙の約束じゃないか。でないと、結束が乱れるし、他の派閥と対抗できない。「お人好しの醜男連」は和やかな会合のはずだ。

出席者の中にエチエンヌ・カルジャがいた。朗読者に気を遣った彼が、ランボーのあまりの無作法に、

「このガキ、静かにしろ！　場所をわきまえんか」

と、叱った。

カルジャこそは、ランボーの、今は有名になっているあの写真——どこか遠くを見るような悲しげな目をした、素晴らしい一七歳の肖像——を撮った写真家である。

「何を！」と振り向いたランボーの目は、凶暴性を帯びていた。慣れないアブサンを飲んでいたこともあるけれど、それより、パリのプチブル連中に対する違和感が突然の怒りとなって噴

出したのだ。そもそもこの会合に出席した初めから、彼は大きな失望を覚えていた。「こんな、趣味で詩を作っている連中、韻を踏んだだけの、ただの改行の多い散文を書いている連中が詩人であるはずがない。火を盗む『詩人』、恐ろしい労働者などであろうはずがないのだ！」

エチエンヌ・カルジャに叱責されてかっとなった彼は、ヴェルレーヌがその頃持ち歩いていた仕込み杖を奪い取ってくるや抜き放ち、カルジャに斬りかかった。周りが取り押さえて、ことなきを得たものの、ランボーのこの行動は、パリのブルジョワ階級の詩人たちの、良識の範囲を超えていた。

こうしてランボーのパリ詩壇からの追放の理由——汚い、粗暴だ——に、もうひとつ、危険だ、というのが加えられた。本当はその他に、この少年の澄んだ青い眼の奥に潜む、得体の知れない透徹した批評眼という理由が、もうひとつあったのだが、みんな、もうそれは認めたくなかった。

一八七二年三月一〇日頃、ランボーはふたたびシャルルヴィルに戻り、ドラエーと野山を散策し語り合う。ヴェルレーヌが妻とよりを戻すのに、ランボーはいないほうがよかったわけだが、ランボーにとっても、パリのカフェに立ち込める、アブサンの匂いと煙草の煙からしばらく離れて、アルデンヌの自然の中の冷たい空気で頭を冷やすのは、よいことだったにちがいない。

一八七二年五月の初めに、ランボーは故郷からパリに戻ってきて、ムッシュー＝ル＝プランス街の屋根裏部屋に住む。そして、六月には、ソルボンヌのすぐ脇の、「クリュニーホテル」の部屋に移っている。

このホテルから、ドラエーに書いた手紙は特に印象に残るものである。ここに移る前の、ムッシュー＝ル＝プランス街の屋根裏部屋での朝の時間の景色を回想して、彼は故郷の友人に書いている。

その手紙の一部を引用しよう。語を変形し、汚い言葉を連発しながら、彼はきわめて美しい手紙を書いているのだ。語の変形は、たとえば、「パリParis」に「くそmerde《メルド》」をつけて、「くそっパリParmerde《パルメルド》」とするとか、六月は「Juin《ジュアン》」を「Jumphe《ジャンフ》」とするとか、また「absinthe《アブサン》」は、「absomphe《アブソンフ》」とするとか、ドラエー相手では、気楽に、一種、学生言葉でのやり取りができたのであろう。

くそっパリ、七二年ドク月

元気か。

ポール・ヴェルレーヌが描いたランボー像。1875年

まったく、ほんとに君の言うとおりだ、アルデンヌの「世界覗き眼鏡《コスモラマ》」で田舎の暮らしを見てみると、びっくりするぜ。でんぷんばっかりの粉もんやら泥やらで腹をふくらませて、地元のワインやビールを飲んでる田舎なんかに、僕はもう、未練はないよ。だから君がしょっちゅう、そっちのやりきれなさを訴えるのも、もっともだと思う。ところでこっちも蒸し蒸しして、建物がひしめき合っていて、狭っ苦しい。それに暑い夏だときてる。毎日毎日暑い日が続くわけじゃないが、天気がいいと、みんな喜んでやがるし、その、みんな、という奴らが豚野郎ばっかりなんだから、夏を憎みたくもなるってもんだよ。ちょっとでも夏の気配があると、ぐったりしちまう。壊疽《えそ》にでもかかったんじゃないかと心配になるほど喉が渇くんだ。アルデンヌやベルギーの河、それに洞窟。懐かしいのはこういうところだよ。

ランボーとしては、アルデンヌの田舎の、世間の狭い生活は、もうまっぴらだが、青黒い針葉樹林が多く、いたるところに泉の湧く、冷涼なあの地方の自然、そして気候風土は懐かしい、というのである。

それでも、ここには僕の好きな飲み屋がある。アプソンフのアカデミー万歳だ！　ボーイたちは意地が悪いんだがね。アプソンフ！　この氷河のサルビアで酔っ払うと、なんとも微妙に震える衣を身にまとったような感じになるんだ。もっとも、その後ではくそまみれになって寝なきゃならねんだ！

サン＝ジャック街の一七六番地に、その頃、プロスペール・ペルリエという、アブサンを蒸留して小売りする店があった。ランボーは、一晩中詩作に励んだ後、ムッシュー＝ル＝プランス街の屋根裏部屋から下りて、サン＝ミシェルの大通りを横切り、この店まで酔っ払うために通っていたのである。

ところで、ランボーは、一八五四年一〇月二〇日の生まれであるから、満年齢からいえば、その頃まだ一七歳である。童顔で、手足ばかり大きい農民風の少年だったというのだから、店のボーイとしても、アブサンのように強い、しかも麻薬のように警戒されて、のちには製造が禁止されるほどのこの緑の酒を、本当は飲ませるわけにはいかない。これは酒飲みが最後にたどり着く酒なのである。しかも、この少年は毎日規則正しく、早朝に来て酔っ払うのだから、こいつ、何者だ、気味が悪い、というところだったろう。

その後このドラエー宛の手紙に、シャルルヴィルの噂話を書いてから、ランボーは、現在のパリでの日常を報告している。「仕ン事をする」はtravaince《トラヴァンス》で、本来ならtravaille《トラヴァイユ》である。

今では、僕が仕ン事をするのは夜だ。深夜から朝の五時まで。先月、僕のいた部屋は、ムッシュー＝ル＝プランス街で、サン＝ルイ高等中学の庭に面していたんだ。狭い窓の下に、でかい樹が何本もあった。朝の三時になると蠟燭《ろうそく》の火が青ざめる――鳥どもが樹々の枝で一斉にピーチク囀《さえず》り出す――終わり。もう仕事はしない。朝の主役、得もいわれぬ時間に捉えられて、ただもう、樹々や空に眺め入るほかなかったもんだ。僕は、高等中学の寄宿舎に見とれていた。そこはシーンと静まりかえっていた。だけどその時間にもう、大通りのほうでは荷車のがらがらよく響く軽快な音がしていた。――僕は槌型パイプをくゆらせ、屋根瓦に唾を吐く。屋根裏部屋だったからね。五時にパンを買いに降りてゆく。パン屋の開く時間。労働者たちはいたるところを歩きまわっている。僕にとっては飲み屋で酔っ払う時間だ。帰ってきて朝飯を食い、七時に寝るんだった。太陽が屋根瓦の下から、ワラジムシを這い出させる頃だ。夏のあけぼの、そして一二月の夕暮れ、これこそ僕の心を捉えて離さない時だった。だけど今は、三メートル四方しかない中庭に面した、小ざっぱりした部屋にいる。――ヴィクトル・クーザン通りは、ソルボンヌ広場に突き当たった角に「ライン下流」というカフェがあり、逆方向に行くと、スフロ通りと交わるんだ――ここでは一晩中水を飲み、朝焼けなんか見もしなければ、眠りもできない。息が詰まりそうだ。

この時期、ランボーは、相当精力的に「仕ン事」をしたようである。では、その時書かれたのは彼のどの作品か。推測として一番妥当なのは、「後期韻文詩篇」と呼ばれる詩群であろう。題名を挙げると、「**涙**」「**カシスの河**」「**渇きの喜劇**」「**朝の良き思い**」「**五月の軍旗**」「**最も高い塔の唄**」「**永遠**」「**黄金時代**」「**若い夫婦**」あたりであろう。

「イリュミナシオン」の「**あけぼの**」とか、「後期韻文詩篇」の、次の詩がその季節をよく表している。

夏の朝四時、
愛の眠りはまだ深い、

木々の葉陰から　宴の夜の
匂いが立ち上る

向こうの広い仕事場では
ヘスペリデスの陽を浴びて、
もうすでに働いている――シャツ一枚で――
大工たちが

（「**朝の良き思い**」）

早起きして働いている労働者の世界の活気から、まさにこの時書かれたものという感じがする。

『地獄の一季節』の「**錯乱Ⅱ　言葉の錬金術**」に「**最も高い塔の唄**」がある。その詩はまさに何かを「待っている」心情を表すもので、「外国人ホテル」で、音楽家兼バーマンのエルネスト・カバネルに「坊や、（シャルルヴィルの田舎からパリに出てきて、）君はこんなところで何してる?」とからかわれたランボーは「待ってる、待ってる、待ってるんだ」と答えるのだったが、それをランボー自身がムッシュー＝ル＝プランス街の屋根裏部屋で謳ったのが、まさにその「**最も高い塔の唄**」なのであろう。

「であろう」などと、推測でしかものが言えないのは、ランボー自身が作品の製作事情や日付などを残しておらず、またほとんど宿なし放浪生活だから、原稿や日記その他の記録が残っていないからである。

もっとも、鞄に詩の原稿を入れて後生大事に持ち歩くランボー像というのもあまりぴったりこないが、周辺の人間の証言としても、ヴェルレーヌが一番長い時間付き合ったくらいで、彼は妻とランボーとの間で心がまさに引き裂かれていたから、これもあまり当てにならない。


一八七二年七月七日。ヴェルレーヌとランボーはパリを出奔し、シャルルヴィル経由で、ブリュッセルに向かう。以後、二人は喧嘩ばかり繰り返しながら、放浪の生活を送るようになる。

九月七日ロンドンへ。「イリュミナシオン」の「**放浪者たち**《ヴァガボン》 Vagabonds」に、彼はヴェルレーヌを本来の太陽の子に返してやるために「場所と、方式を発見しようと努めていた」とある。

ロンドンのランボーとヴェルレーヌ

この頃のランボーの、ほぼ確かな足取りを年譜風に整理しておくと、以下のようである。

一八七三年四月一一日の夕方、ランボーは母方の農場、ロッシュの家に帰り（妹ヴィタリー

ロンドンでのポール・ヴェルレーヌとアルチュール・ランボー。フェリックス・レガメ作。1872年
©Bridgeman Images/amanaimages

の日記による)、「散文によるいくつかの短い物語」を書いている(『地獄の一季節』の草稿か)。題名は、「異教の書、または黒人の書」(ドラエーへの手紙による)。

五月二五日、ヴェルレーヌと再会し、ロンドンへ。この頃、ヴェルレーヌと共にパリ・コミューンの残党と付き合い、フランス語講師をして暮らす。また、大英図書館に通っている。

七月一〇日、ブリュッセルでの発砲事件。ヴェルレーヌがランボーをピストルで撃つ。弾はランボーの手首に当たる。

七月一九日退院。一週間ほど後、ロッシュに帰宅。八月末までに、散文を書き継ぎ、『地獄の一季節』を完成か。

一〇月、ブリュッセルの「ポート印刷所」で『地獄の一季節』を自費出版(ただし、費用は払わず)。五〇〇部。著者用見本を、ヴェルレーヌ、フォラン、ジャン・リシュパン、ドラエーなどに送る。

一八七四年(ランボー二〇歳)、画家で詩人の、ジェルマン・ヌーヴォーと共にロンドンへ。フランス語の個人教授。「イリュミナシオン」のある部分を書いたと推定される。そのうち**「都市」「メトロポリタン」**などはヌーヴォーの筆跡だという。

一八七五年(二一歳)、ヴェルレーヌ出所。ランボーは、ドイツ語の勉強のため、シュツットガルトへ。詩集の原稿を、ヴェルレーヌに渡す。ブリュッセルにいるヌーヴォーに送ってほしい旨。印刷目的か。その原稿なるものが、今日「イリュミナシオン」と呼ばれている詩集であろう。

「イリュミナシオン」という題名

ところで、「イリュミナシオン」というこの詩集の題名は、もともと英語で、Painted Plates である、という説がある。ヴェルレーヌもこれを Colored Plates と解していたらしい。それで日本でも、小林秀雄や寺田透のように『着色版画集』とか、『飾画』とか訳している人がいるわけである。だが、それは違う、と筆者は思っている。そのことについて、ここで少し述べておこう。

ランボーが「見者」の手法を思いつくもとになった、ボードレールの『人工の天国』において、「illuminer（照らす、天啓を与える）」という語、およびそれと同根の名詞「illumination（照らし出すこと、天啓）」は、鍵となる言葉である。『人工の天国』の一つの章「ハシーシュの詩」の「4　神人」においてボードレールは、〝ハシーシュの酔いによって天啓を受けた理性〟について述べている。

あえて要約すると、「酩酊によって天啓を受けた理性においては、寓意を理解する力が、かつてなかったほどの強さになる。寓意こそはきわめて精神的なジャンルであって、これがその正当な支配力を取り戻せば、眼前の光景が、たとえそれが、取るに足らぬ、ありふれたものであったとしても、数々の問題に満ちた生の深淵が、そっくりそのままそこに姿を現し、眼にし、耳にするものがすべて、雄弁な象徴となる」、というのである。以下、『人工の天国』の訳文は『ボードレール全集　Ⅱ』（人文書院、一九六三年）の安東次男による。

……要するに一切のもの、あらゆる存在が、すべて思いもかけなかった新しい輝かしさを帯びて（中略）言葉が骨肉を備えて生き返って来る。（中略）深遠な精神の持主にとって大切ないま一つの言葉となる音楽は、諸君自身のことを諸君に語り、諸君の生の詩を物語ってくれる。音楽は諸君と一体となり、諸君は音楽の中に溶けこんでしまう。音楽は諸君の情念を語るが、それはのんびりとオペラ見物をする夕べのようにとりとめもないものではなく、細部まで明確に詳しく語り、リズムの一つ一つの動きが諸君の魂の感じる動きを表わし、一つ一つの音は言葉に変り、詩情はそっくりそのまま生命を持った辞書のように、諸君の頭脳の中に入ってくる。

（「アシーシュの詩」『人工の天国』、『ボードレール全集　Ⅱ』人文書院刊所収）

いかにも魅力的に、ここに描かれている「天啓を受けた理性」なるもの、これが、「見者の手紙」に書かれているように、ランボーの目指す一つの到達点である。

その一方でボードレールは、「アシーシュの詩」の「5　教訓」で、麻薬の夢から覚めた時の惨めな状態を描く時は、こんな風に語るのである。

醜い自然は、前日の輝き（引用者注：イリュミナシオン）を失って、饗宴のもの悲しい残骸に似ている。

（同前）

つまり、麻薬の「透明な厚みを通して見られた」、照らされ（illuminer され）、輝きに満ちた情景が、ここでは「イリュミナシオン illumination」と呼ばれているのであって、ランボーは、ボードレールの方法を忠実に実行した時代の自分の詩集の表題を「イリュミナシオン」と名付けたのである。

こう述べてくると、ランボーが、詩を書くのに麻薬に頼ったとのみ解し、この詩集を、麻薬依存患者の妄言か何かのように筆者が言っている、と誤解する人がいるであろう。

そんな単純な話ではない。ランボーは「見者の手紙」で決意を述べたようにこの輝きに想を得て（つまり、天啓を受けて）表現するべく、それまで培ってきた詩人としての力量を発揮して、作品にしたのである。実際に、麻薬を用いた詩人で、その見たものを、こんな風に作品として表現できた人はいない。大抵は、様々な幻覚剤を試みた二〇世紀のアンリ・ミショーのように、麻薬体験の実況報告になってしまうのである。

ランボーはそれこそ超人的な力で、『地獄の一季節』で言っているように「眩暈《めまい》を定着」した。そしてそこに、詩人としての力量がつぶさに表現されていることを、詩句を取り上げながら、例証したいと思う。

第二部『地獄の一季節』「イリュミナシオン」読解

第一章　「言葉の錬金術」の謎解き

アルチュール・ランボーの詩は難解である。「理解しようとしてはいけない、ただ感じるべきだ」と言う人さえいる。しかし、感じるにしてもある程度理解しようという努力はしなければなるまい。昔流行った言葉でいえば表層解釈である。

散文詩集『地獄の一季節』の中に「**錯乱Ⅱ**」という作品がある。これは、「見者の手紙」につながる詩論、ともいうべきもので「**言葉の錬金術**」という副題が付いている。その中で、ランボー自身と思われる語り手が登場して、時には激しく、時には哀れっぽく、また、単に回想するような、すべてを捨てたような、時には後悔するような、懐かしむような口調で、語り始める。まずこんな口上を述べるのである。

さあ、僕の番だ。僕の愚行のひとつを聞いてくれ。愚行なんかいくらでもあるさ。
ずっと前から僕は、あらゆる風景を思うがまま、自分のものにしていると自慢してきた。

絵画と現代詩のお歴々なんかくだらんと思ってきたんだ。

馬鹿馬鹿しい絵が僕の好みだった。戸口の上に掛かっているやつとか、舞台装置とか、サーカスの書き割りとか、看板とか、色刷りの通俗本とか。それと、時代遅れの文学が好きだった。たとえば教会のラテン語、綴りなんて出鱈目《でたらめ》なエロ本、先祖の婆さんたちの喜びそうな物語、おとぎ話、子供のための小型本、古臭いオペラ、あほらしいお囃子《はやし》の文句、素朴なリズムを持ったやつ。

空想の中に出てきたのは、十字軍の遠征、報告の途絶えた探検旅行、歴史のない共和国、圧殺された宗教戦争、風俗の大変革、民族と大陸の移動。面白そうなことはなんでも本気にしたもんだ。

僕は母音の色を発明した！ ――A（アー）は黒、E（ウー）は白、I（イー）は赤、O（オー）は青、U（ユー）は緑だ。――子音ひとつひとつの形と動きを僕は調整した。そこに本能のリズムを加えて、いずれそのうち、ありとあらゆる感覚に響くような詩の言語を発明するんだと気負っていた。だけど、そいつを翻訳することは留保した。

とりあえずは習作だった。僕は沈黙を書き、夜を書いた。書き表し得ないものを書こうとした。要は眩暈《めまい》を定着することだった。

そう前置きをして、ランボーは、(あるいはこの主人公は、)見者《ヴォワイヤン》の修行時代に書いたものに、大幅な修正を加えながら引用している。それが「とりあえずは習作だった」と彼の言う、次の韻文詩である。これは、もともと「後期韻文詩篇」の一篇で、一八七二年五月の日付のある、「涙」と題された詩である。ただし、「涙」とここに引用されているものとの間には修正によって、詩句の異同があり、「後期韻文詩篇」では、「結局、飲みたいと思わなかったのだ!」と、負け惜しみのような言葉で終わっていたものである。

鳥たちからも、羊の群れからも、村娘たちからも遠く離れ、
このイバラの中にしゃがみ込んで、僕は何を飲んでいたのか?
まわりは柔らかいハシバミの新芽が取り囲み、
生暖かい、緑がかった午後の霞が立ち込めていた。

この若いオワーズ川で僕に何が飲めただろう
——ニレの若木はざわめきもせず、芝草は花もつけず、空は曇っていた!
この黄色いひさごから何を飲もうというのか、馴染みの小屋から
遠く離れて。汗を掻かせる少しばかりの黄金の酒か。

僕はまるで旅籠屋の怪しげな看板のようになっていた。
——突然の嵐が吹き荒れて、空の雲を追い散らした。夕方になって、
森の木の梢に溜まった水が、綺麗な砂に吸い込まれた。
神の風が、氷のかけらを沼の水面に投げ込んだ。

泣きながら、僕は黄金を見ていた——だが、飲めなかった——

詩はここまでで切れているが、ハッキリ言って、これでは何のことかわからない。フランスの注釈書にも、この詩に関して特にはかばかしい解説はないようである。

一方で、この詩がいつのことを書いているのか考えてみると、それは、ランボーの足跡からして、パリからいったん田舎に帰った時のことであろう。ヴェルレーヌに招待されて上京したのはいいけれど、結局決まった職も宿も見つからなかったのである。

それは、見者《ヴォワイヤン》の手法がまだ手応えを得られない時期で、なおかつ早春の頃という条件から、一八七二年三月から五月頃が候補に浮かぶ。この頃、ヴェルレーヌとしては、妻マチルドとよりを戻すのに、ランボーの存在が邪魔であった。

井上究一郎説

ところが、一九七一年四月に筑摩書房から出た、井上究一郎『忘れられたページ』という随筆集を読んでみると、その中の「四つのランボー像」という文章に、次のような指摘がある。

井上は、「官能の詩人ボードレールと野性の肉感を身につけたランボーとの、それぞれの欲望は、次の二つの韻文詩の一節を比較すればよくわかる」として、ランボーのこの詩と、次に示すボードレールの『悪の華』の中の詩「髪」とを比較している。

ひびきの港、そこにぼくの魂は飲む、
なみなみと、匂い、音、色彩を。
金とモヘヤの波をすべって行く船舶は、
ひろい腕を回して、不断の暑気がみなぎる
澄みきった空の栄光を抱くようだ。
…………………………
髪よ、おまえはぼくが夢見るオアシス、思い出の
酒をじっくりとぼくが汲むひさごではないか？

（「髪」井上究一郎訳）

そして、「双方の詩集において滅多に現れない『ひさご』gourde(s)という語をいわば鍵にして、私はここに一つの廊下への扉がひらくように思う」と、指摘している。

確かに、ランボーは先の詩で、いきなり「ひさご（瓢簞《ひょうたん》）」という異国風の語を出してくる。そして「この黄色いひさごから何を飲もうというのか」と、問いを発するのである。この語の使い方は唐突で、「何かある……」という気がする。それにボードレールは、「見者の手紙」にはっきり書いてあるように、ランボーにとって、特別の詩人である。確かに、ボードレールとランボーをつなぐ何かが、ここにあるのではないか。

「髪を飲む」という表現

ランボーの、この「飲む」という語の用法については、その頃、井上先生の講義に出ている学生の私も考えていたことがあった。ランボーが「見者の詩法」に夢中の、一七歳の頃に書いた**「ニナの返答」**という詩にも、

こんな具合に――編んだきれいな髪の毛を、
おお、飲んでやるとも

という、さらに訳のわからない表現が出てくるのである。

それで、このことに気をつけていると、「髪を飲む」というランボーの奇妙な表現が、ボードレールから来ていることがだんだんはっきりしてくるように思われた。

本書第一部で記した「見者の手紙」の解説を読まれたい。その手紙を書いた頃、少年ランボーはボードレールに夢中であった。この『悪の華』の作者は、歴代、数多の詩人の中で、ランボーが唯一、詩人の王とも、神とも崇める存在だったこと、それともうひとつ、ランボーの詩作の熱狂は、比較的短期間に集中していたことも忘れてはならない。つまり、この時期、少年ランボーは、ボードレールのことで頭がいっぱいで、なんとしてでも、恐るべき詩人=労働者となって、ボードレールの倒れた地平線から出発しようと心急いていたのである。

女の瞳と髪、「見者の詩法」へのヒント

『悪の華』の中では、たとえば「旅への誘い」という詩にあるように、女の瞳は、〝曇った空〟にたとえられる。そして詩人は、その中に様々なものを「飲む」のである。たとえば「通りすがりの女性に」という詩の中には、こんな詩句が見られる。

この私は、狂人のように身を引きつらせ、

彼女の瞳、嵐を孕《はら》んだ鉛色の空の中に飲んだ、
身も心も虜《とりこ》にする優しさを、命に関わる快楽を。

ただ、ボードレールの場合は、ランボーのように髪そのものを直接「飲む」のではなく、「身も心も虜にする優しさ」と「命に関わる快楽」を「飲む」のであって、表現はきわどいところで比喩にとどまっている。

さらに井上が挙げているようにボードレールの「髪」という詩の中では、黒人の血の混じった娼婦、ジャンヌ・デュヴァルに、あるいはその髪に、こう、呼びかけている。そこを選んで訳してみると、

物憂げなアジア、そして燃えるようなアフリカ、
なべて遠い、不在の、死に絶えたかのような世界は、
お前の深みに生きている、薫りの森よ！
音楽の中を漕ぎゆく精神があるように、
おれの心は、ああ恋人よ！　お前の薫りに泳ぐのだ。

おれは行こう彼の国に、樹木も人も精気に溢れ、
灼けつくような気候のもと、恍惚の眠りをねむる。
力強い髪の渦よ、おれを運ぶうねりとなれ！
黒檀の海よ、お前は宿す、
帆と帆柱と旗と水夫の眩しい夢を。
響もたかい港よ、そこにおれの魂は飲むことができる、
ごっくりと、薫りと音と色彩を……

お前はおれの夢見るオアシス、そして、
おれがゆっくりと、想い出の酒を酌むひさごではないか。

ボードレールのこの詩は、フランス語としては、表現上の冒険に満ちている。それらは、それぞれぎりぎりで成り立っているものばかりなのである。「薫りの森」「黒檀の海」はまだいいとして、「響もたかい港」「音楽の中を漕ぎゆく精神」「お前の薫りに泳ぐ」「おれの魂は飲むことができる、ごっくりと、薫りと音と色彩を……」などなど。

こうした表現がまず、ランボーの、あの「見者の詩法」のヒントになったのではないだろう

か、と私は考えた。

日本語ではこういう表現上の工夫は、相当無理なものでも、割合すんなりと抵抗なしに受け入れられるようだが、フランス語の場合、日本語よりうるさいというか、たとえ翻訳であっても、〝言葉の税関〟がなかなか通過できないようである。

もう一度「通りすがりの女性に」について

ところで、ボードレールの「通りすがりの女性に」に話をもどすと、これもやはり、一筋縄ではいかぬ詩である。

通りで偶然見かけた一人の女性に、詩人は一目惚れをする。そして、その一瞬の中で見初めた永遠の美女に、もはや二度と会えぬと、悶《もだ》え苦しむのである。都会生活者の無名性ということがそこにある。

詩は都会の騒音で始まる。一九世紀のパリで最も耳についたのは、石畳の表通りでは、まず第一に、馬車の鉄の車輪の、重い、鋭い音であろう。ついでカツカツと響く人の足音。

そして狭い街路では、物売りの声。新聞や野菜や肉や魚、その他種々様々な物を売ろうとか、鍋や釜や椅子を修理しようとか、割れた窓ガラスを入れ替えましょうとか、独特の節をつけて叫びたてる声が、建物の間にこだましていた。

その他にも、乳を搾ってその場で売るために、近郊の村から連れてきた山羊の群れの首につけた小さな鐘の音、「メ〜」と鳴く声などで、今何時か、それで時間がわかるほどだったという。

そこに、優雅に裾をつまみ上げた、背の高い、ほっそりとした、今でいうファッションモデルのような婦人が、それも黒ずくめの正式の喪服を着て颯爽《さっそう》と通り過ぎたのである。道路は今のように、どこもかしこも綺麗に舗装されていたわけではない。雨が降ればぬかるみ、建物の入口には、靴の泥をこそげとる金具が設置されていた。だから長い裾はつまみ上げなければならない。

ここでは、何よりも女の眼、それが詩人の心を搏《う》った。それは、ボードレールが常に、〝曇った空〟と表現する、あの眼なのだった。全文を訳してみる。

通りすがりの女性に

轟々《ごうごう》と物音の響きわたる街路が、私の周りで絶叫しているかのようだった。
背が高く、ほっそりとして、黒ずくめの喪服に身を包み、厳かな悲しみに満ちて、
一人の女性が通り過ぎた。華奢《きゃしゃ》な手でスカートの裾をつまみ、

縁飾りをリズミカルに揺らしながら。

身のこなしは軽やか、気品があって、彫像のような脚をしていた。
この私は、狂人のように身を引きつらせて飲んだ、
彼女の瞳、嵐を孕んだ鉛色の空の中に、
身も心も虜にする優しさを、命に関わる快楽を。

突然の閃光……そして夜！　美女はたちまち姿を消した。

君のその眼差《まなざ》しが、私を突然生まれ返らせた。

もはや永遠の中でしか君には会えないのだろうか。


ここからはるか遠くでか、他の場所でか！　遅すぎる！　おそらくもう二度とは会えまい！

なぜなら私は君の行く先を知らないし、君もまた私がどこに行くのか知らないから。

ああ、私が愛したであろう君、そしてそのことを知っていた君よ！

この詩の中でも、天候は急変し、突然の嵐、そして夜が来る。これは、先に挙げたランボーの詩と同じ展開ではないか。ランボーは、

突然の嵐が吹き荒れて、空の雲を追い散らした。夕方になって……

と書く。すでに引用したとおり、「**錯乱Ⅱ**」の冒頭でランボーは、「沈黙を書き、夜を書いた。書き表し得ないものを書こうとした。要は眩暈を定着することだった」と言っていた。ここでランボーがボードレールを意識していることは明らかであるように、私には思われる。

ランボーがあれほどこだわった〝眼の中に飲む〟というボードレールの表現も、ごく単純に〝毒〟のイメージに置き換えれば、昔からある、伝統的な表現になってしまう。「通りすがりの女性に」の詩人が、その女性の眼の中に飲んだ「身も心も虜にする優しさ」「命に関わる快楽」は、elixsir d'amor《エリクシール・ダムール》（愛の妙薬）、つまり危険な媚薬《びやく》なのである。

黒髪と金髪

ランボーの先の詩にさらにこだわれば、その中の、〝曇った空〟、そしてその雲を追い散らす突然の嵐なども、ボードレールの「通りすがりの女性に」の中の表現、たとえば、

彼女の瞳、嵐を孕んだ鉛色の空の中に、（飲んだ）……

との関連が気になるところである。〝曇った空〟はボードレールにおいては、何度も言うように、女の瞳の象徴なのだ。そして、少年ランボーは、人里離れたところでボードレール流の詩の境地に入ろうとする。

若いオワーズ川で僕に何が飲めただろう

という、この「若いオワーズ川」を「川の上流」あるいは「早春の川」と取ることもできようが、ここで、川を擬人化している、と考えてみることはできないだろうか？

ボードレールの詩における言葉の新しい表現、もしくは実験に夢中の少年ランボーが見つめている、「黄色いひさご」や「黄金」とは、木々がやっと新芽をつけ始めた春先の、まだ花もつけず、淡い褐色に枯れている芝草のことではないか。

すなわちそれは、ボードレールの恋人ジャンヌ・デュヴァルの黒髪ならぬ、擬人化された若いオワーズという女の茶色の髪の毛、あるいは金髪なのではないだろうか？　それを少年ランボーは「飲もう」というのではないか……。

ボードレールの場合は、女の黒髪を、まずオアシスにたとえる。オアシスは、無論、砂漠の渇きに苦しめられている人が渇きを癒す楽園のような場所である。それから、そのオアシスを「ひさご」という、やや珍奇な語と置き換えている。

つまり、黒人女性ジャンヌ・デュヴァルの黒髪とそこにある異郷の薫り、砂漠のオアシス、泉の水を汲むひさご……と、イメージの変換がなめらかで、きわめて巧みな手品のように、面白いすり替えがここにあるという気がする。

それに比べて、ランボーのように、初めから「ひさご」とか「黄金」という語を掲げたのでは、イメージの間をつなぐものがなく、強引というか、無理があるとは言えないか。それともランボーはボードレールの作品を前提、あるいは踏み台にして、それを書いているのか。

そうした詩の技法とイメージの扱い方が、ボードレールのようにはうまくいかず、「言葉の錬金術」に失敗した修行中のランボーは負け惜しみを言ったり、泣いたりしているのではないか。私としてはこんな風に考えた。

「ひさご」の謎

それにしても、ボードレールが、いきなり「ひさご」という突飛な語を登場させるのはいくらなんでも、変ではないか、とも、私は思っていた。この単語は、今となってはよくわからないけれど、ボードレールが「髪」を書いた頃には、わかる人にはわかるものだったのではないか？

それで色々注釈書をあさってみると、昔よく読まれた、クラシック・ガルニエ版の『ボードレール作品集』に、この「ひさご」という語についての注があった。なんのことはない、学生時代、一番初めに読んだボードレールのテキストである。注釈をつけたのはかつてのソルボンヌの大教授、アントワーヌ・アダン。アダン先生の講義は、私も聴いたことがあるけれど、専門は一七世紀のフランス文学で、博学そのもの。しばしばその話は、果てしもなく遠くに行く。聴いているこちらは、道に迷って遭難したようになってしまうのだった。話があまりにそれて、置き去りにされてしまうような気がするので敬遠していた、ガルニエ版のその注を読み直してみると、ありがたいことに、こんなことが書かれていた。

ボードレールはここで、Maturin の次の一節を想起しているようである。

She was the oasis of his desert, the fountain at which he drank....
He sat under the shade of the gourd.

そしてアダンは、この場合gourd は、ヒョウタンノキ、あるいはフクベノキ（木というより、蔓植物だと思うけれど）のことであり、旅人は、その木に生った「ひさご」で水を飲んで渇きを癒すのだ、と書いている。

それで、どうなるのですか？　と続きが聞きたいところだが、アダンの注に、それ以上の言及はない。

こうなると禅の公案《こうあん》（課題）みたいなもので、自分で考えるしかないのだが、ひさご、ふくべというのは、中の種を出して乾かしただけ、あるいは縦に切っただけで、水などを入れる容器になる、便利な植物である。東洋では、かつてよく使用され、「一瓢《いっぴょう》を腰に、濹堤《ぼくてい》に杖を曳く」などと、小学生が古文をまねして笑われたりして、我々には親しいものであるが、欧米人にとってはアフリカ産の、エキゾチックな印象の植物のようである。

ではMaturin とは何者か、といえば、それはゴシック・ロマンスの作家でアイルランドの奇人と言われた、チャールズ・ロバート・マチュリーン Charles Robert Maturin のことなのである。その小説『放浪者メルモス Melmoth the Wanderer』（一八二〇）は、バルザックの初期作品に影響を与えたというが、ボードレールもこれを熱心に読み、『ファウスト』と並ぶ天才の手になる作品、と絶賛したそうである。

つまり、ボードレールは「髪」の中に『放浪者メルモス』の一節を取り込み、gourde という語で、アクロバティックな詩の技法を成功させた。そしてランボーは、その黄金の gourde の用法に詩の要諦があることを察知しながら、それを自分のものにすることに力が及ばず苦しんだということになろうか。

メルモスの名は、ボードレールの『人工の天国』の一つの章「ハ（ア）シーシュの詩」の「5　教訓」にも出てくる。

ボードレールは、そこで、ハシーシュを飲んだ翌日のことを、こう語っているのである。

しかし、その翌日！　恐るべき翌日である！（中略）醜い自然は、前日の輝き（引用者注：イリュミナシオン）を失って、饗宴のもの悲しい残骸に似ている。

（「アシーシュの詩」『人工の天国』、『ボードレール全集　Ⅱ』人文書院刊所収）

このくだりが、先に述べたとおりランボーの詩集「イリュミナシオン」の表題につながる、と私は考えるのだが、それは別として、とにかくここで、次に引用するように、いきなりメルモスの名が出てくるのである。

……かの賞讃すべき象徴、メルモスのことを想起しよう。かれのおそるべき苦しみは、悪魔との契約によってかれが即座に入手したその驚くべき能力と、神の被造物としてかれがその中で生きるべく定められた環境との間の、不均衡から生まれたのだ。（同前）

当時、この『放浪者メルモス』は、やはり悪魔と魂の取引をするファウスト伝説のように、かなり有名な小説だったようである。メルモスは、一五〇歳の長寿と引き換えに、悪魔に魂を売ったのだった。そのゴシック・ロマンスの文字どおり浩瀚《こうかん》な小説に直接当たってみると、第二一章にこのくだりがあった。翻訳して引用する。彼女とは、イシドーラという女性である。その絶世の美女がメルモスに宿命的な恋心を抱く。そして、メルモスにとっても、イシドーラは特別の存在である。

彼女は、メルモスにとって、砂漠のオアシスであった。その水を飲むと、今まで辿《たど》ってきた燃えるような砂漠の道も、いずれは赴かねばならぬ熱砂の世界も忘れることができるオアシスだった。

彼はヒョウタンノキの葉陰に座っていたが、その根を齧《かじ》っている虫のことは忘れていた——おそらく、彼の心臓の中に不死の虫が住み着いていて、彼自身の心臓を蝕《むしば》み、絡みつき、毒を吐いていたので、自分自身が彼女の心の中に吐きかけた毒のことは忘れてしまっていたのかもしれない。

この「不死の虫」なるものは、ヒョウタンノキの根を齧り、なおかつ心臓に寄生する蛆虫であるという。生物学的には奇妙な虫だが、ここで、ボードレールの「敵 L'Ennemi」の次の詩句を連想すべきであろう。とすればこの心臓を嚙む虫は「敵」であり、「時」の化身でもあることになる。

——おお苦しみよ！ 苦しみよ！ 「時」は命を喰らい、
我々の心臓を嚙む不気味な「敵」が
我々の失う血を吸って育ち、肥え太るのだ！

こうしてみると、ボードレールの「髪」の中のひさごやオアシスの比喩は、『放浪者メルモス』のそれをそのまま引き継いだものという気がする。そしてボードレールの読者にも「髪」の詩句によって、『放浪者メルモス』の世界を直ちに連想する人が多かったのであろう。アダン先生はそのことを指摘しているのだ、とひとまず考えておくことにする。

エドガー・アラン・ポーとボードレール

話はずれていくようだが、ここで、ボードレールに対するエドガー・アラン・ポーの影響について考えておかなければなるまい。

私は、ポーの詩集を読んでいて、ボードレールが使っているのと同じ、「飲む」という語の特殊な用法が、このアメリカの詩人、小説家にも見られることに気がついた。

ボードレールは、一八四八年に初めてポーの「催眠術下の啓示」を訳して以来、終生ポーの作品を訳し続けたが、そのポーが一八三三年に発表した「円型闘技場《コロセウム》」という詩の中に、次のような詩句がある。

長い巡礼の挙句、ついに古代ローマの象徴たる円型闘技場にたどり着いた詩人は、かつての豪奢と権勢が数世紀の「時」の手に委ねられてしまっていることに落胆し、この闘技場に呼びかけて言う。

力も萎える巡礼の日々　灼けつくような渇きの日々
（そなたの蔵する知恵の泉への乾き）
その長い月日のあげく、変りはてた心貧しい男　この私は

そなたの影の中にひざまずく、そして飲む、
深々と、この魂に、そなたの偉大さを、憂愁を、栄光を！
（以下略）
（『世界詩人選6　ポー詩集』福永武彦・入沢康夫訳、小沢書店）

魂に偉大さを飲む、と詩人は表現している。

「円型闘技場」はきわめて神秘的な詩で、アメリカ人の二三、四歳の青年が、いかにも古代ローマの遺跡を前にして詠んでいるような設定の、その終わりの節には神託の響きがある。

それにしても、この円型闘技場の荒廃ぶりはただごとではない。詩人が「すべてを蝕む『時』」の力に呆然とする時、灰色の石の中から予言の声が響きわたり、古代の名声も、呪力も、驚異も、神秘も、記憶も、それらがことごとく失われずにある、と答える。それ以上我々には何の説明も与えられない。

ボードレールがこれを読んだ時、これらの詩句から、なかんずく、「すべてを蝕む『時』」という言葉から、どんな感銘を受けたと考えられるか――誰もが『悪の華』の先の詩「敵」の、「『時』は命を喰らい」という詩句を連想してしまうにちがいない。

ここまでに引用したボードレールの詩によって明らかなように、彼の「飲む」という語は、ほとんど常に眼と対になって使われており、詩人は、女の眼の中に「飲む」。そしてまたこの

眼は、風景を映し、あるいは、嵐を孕む〝曇った空〟にたとえられる（「旅への誘い」「曇った空」「通りすがりの女性に」）のだが、ポーにおいては、眼は、詩人を見つめ、詩人にとり憑くものとなる。

それはある時には救いの徴《しるし》であり、彼の美であると同時に望みであり、崇拝の対象でもある（ポー「ヘレンに」）。

またある時には、女の眼は人をも、ものをも飲み込む深淵となる。ポーの「リジイア」の主人公は、「女の瞳に溺れる天文学者」となって、この「デモクリトスの井戸より深く、その恋人の瞳孔のうちに潜むもの」の意味をはかり知ろうと思い悩む。そして『悪の華』の最後を飾る長詩「旅」には、様々な旅人の群れの中に、この「リジイア」の主人公の天文学者の姿が見出されるのである。

あるものは心いそいそと、忌まわしい祖国を逃れ、
あるものは、揺籃の地の恐ろしさを、そして幾人かは、
女の瞳に溺れた天文学者のように、
危険な薫りの暴虐のキルケーから逃れるのだ。

この暴虐のキルケーと、やがて我々は、ランボーの「イリュミナシオン」の中で出会うことになる。

第二章　〝暗殺者〟ランボー

「イリュミナシオン」の「**陶酔の朝**」「**行列**《パラード》」など、いくつかの詩篇について、それが、麻薬に関係があると言われている。しかし、幻覚剤によって与えられた「イリュミナシオン」は、果たしてそれらの限られた数篇だけだろうか？

「ハシーシュの詩」の中でボードレールが、ハシーシュによって照らし出された叡知《えいち》について語り、そのようにして見られた輝きを、「イリュミナシオン」と呼んでいることについては先に記した。

もしも、ランボーの散文詩集の表題が、この文章から得られたものであるとすれば、「イリュミナシオン」の全詩篇が、麻薬を苦行の手法とする見者《ヴォワイヤン》の生活から生まれたものであることになるだろう。

ボードレールを読み、「見者の理論」を組み立ててから、ランボーは〝一生懸命放蕩〟する。時あたかもフランスは普仏戦争の敗戦時代であった。この混乱の時期に真のランボーが姿を現す。おとなしい優等生が、長髪にパイプを咥えた〝不良少年〟になっていた。しかし田舎にいては、その苦行の手段も限られている。彼はパリにあこがれていた。ポール・ドメニー宛「見者の手紙」（一八七一年五月）の末尾にランボーは、「一週間後にはたぶんパリに行っているかもしれませんので」と書く。それが彼のあせりを示している。

しかし、実際にランボーのパリ生活が実現されるのは、先にも見たとおり、一八七一年九月、ヴェルレーヌに招かれてからであった。

〝暗殺者〟の時

ハシーシュはなかなか正体を現さない。いわば気難しい麻薬であるといわれている。しかしいったんこうと決めたら、そのことばかりを思いつめ、絶対に実行するランボーのことであるから、「見者の手紙」の中の決意どおり、『人工の天国』を熱心に求め続けたにちがいない。

そして、何度かの試みののち、ついに最初の酔いが彼を訪れた。「外国人ホテル」で、音楽家カバネルに、「坊や、君はこんなところで何してる?」とからかわれて「待ってる、待ってる……」としか言えなかったランボーだが、今、その待っていたものが到来したのだ。そうして、その時、「イリュミナシオン」の最初の詩篇「**陶酔の朝**」が書かれたのである。その時期は、後に『地獄の一季節』のところで述べるように、一八七二年五月頃のことであると推定される。ランボーにとって、五月は常に高揚と多産の季節である。その詩を読んでみよう。

陶酔の朝

おお、おれのいいか「善」よ！　おれのいいか「美」よ！　耳を聾するファンファーレの中で、おれは絶対躓《つまず》かんぞ！　夢幻の拷問台だ！　未聞の業万歳、素晴らしい肉体万歳、これがはじめてだ！　それは子供たちの笑いの裡《うち》に始まった。そして同じように終わるはずだ。この毒は、おれたちのあらゆる血管の中に残ることになる。ファンファーレが廻っていって、おれたちが元の不調和に戻された時にも。ああ、今おれたちはこの拷問にかくもふさわしいのだ！　創造されたおれたちの肉体とおれたちの魂に果たされた超人的なこの約束を、熱情をこめて掻き集めよう。この約束を、この錯乱を！　優雅さよ、科学よ、激烈さよ！善悪の樹を闇に葬り、慎みというやつの暴虐を追放するという約束がある。おれたちのきわめて純粋な愛を導くためなのだ。そいつはなんだかむかつく感じで始まった。そしてそいつは――この永遠をいますぐつかまえることはできぬから――香気の散乱で終わるんだ。

子供たちの笑いよ、奴隷たちの慎みよ、処女たちの厳しさよ、ここに見える人の顔や物の形のおぞましさよ。皆々、この不眠の一夜の想い出によって、聖なるものとなれ。それは無様さそのもので始まった、今それは焔《ほのお》と氷の天使たちで終わるのだ。
陶酔に満たされた短い夜よ――たとえお前が、おれたちに授けられた仮面だけのものであっても、お前は聖なる一夜だ！　おれたちはお前を頼りにしている、方法よ！　昨夜お前が、おれたちの年代の者それぞれに、栄光を授けてくれたことを、おれたちは忘れるものか。おれたちは毒を信ずる。いつでもこの命をすっかり捧げることができるのだ。
今こそは〝暗殺者〟の時。

最後の最も謎めいてみえる一行が、多くの研究家に解読のヒントを与えた。この暗殺者《アッサッサン》(assassin) という言葉が、アラビア語の hachichiyya（ハシーシュを飲む人）を語源に持つということから、この詩の中で語られている「毒」とは、ハシーシュのことではないかという仮説が立てられたのである。ボードレールは『人工の天国』の「アシーシュの詩」の章の「2 アシーシュとは何か？」の中で、この語源伝説を次のように紹介している。

……かの「山の老人」が、その最年少の弟子たちに楽園とはいかなるものかを知らせるべく、かれらをアシーシュで酔わせたのち、悦楽の園に閉じこめた模様を（中略）老人はかれらに、唯々諾々として服従していればどんな褒美が得られるかを、いわば垣間見せようとしたのである。

（『ボードレール全集　Ⅱ』人文書院刊所収）

「山の老人」とは誰か——ボードレールは暗殺者 assassin という言葉の語源について、マルコ・ポーロの物語と、シルヴェストル・ド・サシの研究を紹介している。その中に出てくる楽園、あるいは天国のイメージは、キリスト教世界のそれとは若干違ったものである。『東方見聞録』の中にある、「第一章　小アルメニアから上都開平府のフビライ・ハーンの宮廷にいたる旅行中に見聞した諸国のこと」の「10　山の老人」に次のような記述がある。

ムラヒダ地方には、むかし山の老人がすんでいた。ムラヒダとは異端のすみかという意味である。マルコ・ポーロは土地の人からその話をきいたから、くわしく話しておこう。
山の老人はアロアディンといったが、彼は山の谷間をかこいこんで、今までなかったほどの大きく美しい庭園とし、いろいろの果樹をうえた。なかには想像もできないようなきれいな楼閣と宮殿をたてた。すべて金箔をはり、あざやかな色をぬった。いくつかの川には葡萄酒、牛乳、蜂蜜、水がそれぞれあふれるように流れていた。妙齢の美女が楽器をかきならし、上手にうたい、見事に踊っていた。マホメットは楽園について、そこには葡萄酒や牛乳、蜂蜜、水のながれる暗渠がはしっており、入園者を喜ばすために多くの美女がいる、とのべているが、山の老人はこれをもとにして庭園をつくったのだが、この地方のイスラム教徒はこれこそ楽園だと信じこんでいた。

彼はアサシン〔刺客〕に仕立てるはずの人を除いては、誰も庭園にいれなかった。入口には世界を相手にできるほど強固な要塞があり、ほかに入口はなかった。彼の宮廷には、この辺の十二歳から二十歳までの武術のすきな少年を多くおいてあった。彼らは老人からマホメットのいう楽園のことを話される。そのあと一回に四人、六人、または十人ずつ庭園に入れるのだが、まず一服もって深い眠りにおとしたうえで、はこびこむ。目がさめると庭園内にいたということになる。彼らは周囲のすばらしい光景を見て、これこそ楽園だと信じこむ。美女たちは満足のゆくまで接待し、青春のよろこびをみたし、彼らはここから出たいなどとは考えなくなる。

山の老人とよばれている君主は、宮廷を豪華にし、素朴な住民に、彼こそ偉大な予言者だと信じこませている。彼が何かの目的でアサシンを送ろうとするときは、前と同じように、庭園内にいる青年の一人に一服もってねむらせ、宮廷にはこびこむ。目をさました青年は、自分が城にいるのに気づき、面白くなく思う。老人は彼をよびだし、どこから来たかと聞く。彼が、楽園から来ました、そこはマホメットがのべている楽園にそっくりです、と答えるのは当然である。そこで老人は「これこれの人物を殺してこい。帰ってきたら、天使がお前を楽園につれて行くだろう。たとえ死んでも天使が楽園へつれて行く」という。青年は楽園に帰りたいとの希望から、死の危険をもおかして、この命令を遂行することになる。こうして山の老人は意のままに誰でも殺すことができた。

(『東方見聞録』青木富太郎訳、現代教養文庫)

中近東の乾いた岩だらけの砂漠地帯に忽然と現れる人工の楽園――真実であろうとなかろうと、誰でも信じたくなる興味深い逸話である。西洋の年代記作者や詩人たちはこれに飛びついた。無論この逸話には人間の願望が込められているのであって、半ば真実としても半ばは嘘である。一九世紀の初頭にこの伝説を正確な史料に基づいて研究したのが、ボードレールの紹介している、当時最高のアラビア語学者であったシルヴェストル・ド・サシである。バーナード・ルイスの著書によればシルヴェストル・ド・サシはアサシンが「麻薬常用者」であったという後世の多くの著述家による意見を採用せず、この宗派の指導者は彼らの使者に、その使命が成功した時に待ち受けている楽園の歓喜を試させるために、ひそかにハシーシュを用いたと説明し、また彼はこの解釈を、マルコ・ポーロによって伝えられ、またその他の東方、西方の史料にも見出される、薬を飲まされた狂信者たちが送りこまれる秘密の楽園の物語と結びつけているということである。

従ってマルコ・ポーロの伝えている逸話の、楽園のイメージは『コーラン』にさかのぼることになる。『コーラン（クルアーン）』第五六章、「恐ろしい出来事——メッカ啓示、全九六節——」に描かれているアラブの楽園（ジャンナ）では、金糸まばゆい寝台にゆったりと寝そべって、永遠の若さを享けたお小姓たちの酌で天上の酒を飲み、果物や鳥の肉は食べ放題、フーリーと呼ばれる大きな黒い瞳、白い肌の理想の美女にかしずかれる生活が繰り広げられる。そして砂漠の国の理想らしく、流れてやまぬ水の間に、下から上まで枝もたわわに果実の生ったタルフの木の間に住んで、涼しい木蔭に憩うことができると述べられている。こうした描写が西洋における楽園のイメージの源流ともなっているのであろう。

『地獄の一季節』の冒頭、ランボーは次のように言う。

おれの記憶に間違いがなければ、おれの生活は饗宴だった。あらゆる人の心が開かれ、あらゆる酒が溢れ流れていたものだ。

地獄の一季節の生活を語ろうとするこの男は、かつて楽園にいたことがあるのだ。「あらゆる人の心が開かれ」と彼は言う。ボードレールは、ハシーシュの与える限りのない心優しさ、同席する者同士が、同じ感情を分かちあう、その敏感さについて述べている。「山の老人」のもとに集った〝暗殺者〟たちもまた、互いの結束を固めるためにハシーシュを用いたのではないだろうか。**「陶酔の朝」**の、「おれたちのきわめて純粋な愛」というのも、こうした種類のものであったと思われる。

こうして**「陶酔の朝」**における毒が何を指すか、という見当がつけられ、「これがはじめてだ！」という言葉から、この詩がランボーにおける、はじめてのハシーシュの酔いの叙述であると考えられた。

ハシーシュは実際には、どのような陶酔をもたらすのだろうか。ボードレールの、「ハシーシュの詩」および「葡萄酒とハシーシュ」の記述を整理すると次のようになるだろう。

○ハシーシュは、一種の嫌悪感と吐き気を催すほど奇妙に香りの高い、緑色のジャムである。それは絶対的な幸福を与え、しかもさしあたって害を与えない。

○その酔いには通常次の症状がある。子供っぽい陽気さ、発作的な抑えようのない笑いが吸飲者を襲い、次に身体が冷える感じになる。そして幻覚が現れる。五官が超自然的な鋭敏さを持ち、それぞれの感覚の間に錯乱、または交感が生じる。観念の数の多さと感覚の烈しさのために、時間と存在との釣合いが狂ってしまい、一瞬が永遠と感じられる。通常の世界の基準がひっくり返り、常識的な思考が、滑稽な狂態に見えてくる。また絶対的な安息あるいは完全な停止状態が訪れる。そして、ハシーシュはしばしば、激しい餓えや渇きを引き起こす。

さらに、ボードレールの叙述と照らし合わせることによって、「**陶酔の朝**」という詩篇の意味が逐語的に明らかになるだろう。すなわち、

○ハシーシュによって異常に鋭敏になった耳が、些細な音を、「耳を聾するファンファーレ」と聴くのであり、このファンファーレが鳴り響いている時には、ハシーシュの試みが失敗せず、幻覚が姿を現すのである。

○薬の飲み始めの苦しさ、それが、「夢幻の拷問台」であり「むかつく感じ」である。

○「子供たちの笑い」「焰と氷の天使」は、ハシーシュが肉体に与える作用であり、抑えられない笑いの発作が、服用した人間を捉え、次には身体が冷たくてたまらないように感じられるとボードレールは書いている。彼が、麻薬を飲む前の肉体を「古い肉体」と呼ん

だように、ランボーは、それを飲んだあとの肉体を「素晴らしい肉体」、「創造されたおれたちの肉体」と呼ぶのである。

○「ここに見える人の顔や物の形のおぞましさよ」と**「陶酔の朝」**に記されているのは、幻覚によるヴィジョンの変形、歪《ゆが》みであろう。

○幻覚剤は、倫理的な支配力を持つ、それはこの世の基準を転覆し、「善悪の樹を闇に葬り、慎みというやつの暴虐を追放する」。「おれたちのきわめて純粋な愛を導くため」に、とランボーは言う。それはポール・ドメニー宛「見者の手紙」に述べられたような「あらゆる形の愛」を探求するためである。

しかし、ここまでのところ、ボードレールの「約束」、あるいは「山の老人」の約束は、まだ完全には果たされていない。彼の言う「永遠」、すなわち、一瞬であり、かつまた永遠でもあるような時間をつかまえることがまだできないのである。

とはいえ、今、一つの世界が開かれたのだ。ここには「山の老人」に忠誠を誓う、ランボーの〝暗殺者〟としての決意が見られる。「方法」および「約束」への信頼と全生命を投げ出す決意。「**陶酔の朝**」は眼前の幻想を我々に伝えようとする、〝現在〟の詩であるが、その中心にあるものは、まぎれもなく、未来への志向である。

精霊

「**陶酔の朝**」から開かれた「イリュミナシオン」の世界が、最も輝かしく我々の前に提示されるのは、「**精霊**《ジェニー》」においてである。génie とは、運命を司る霊、守護神であり、また天才、インスピレーションのように、抽象概念を擬人化したものでもある。この神秘的、かつ壮大で、轟きわたるような詩篇は、私には麻薬のあらゆる要素を集大成しているように見える。しかもその書き方の抽象化において、目前の現象を謳った「**陶酔の朝**」や「**行列**《パラード》」より、はるかに熟したものである。

精霊《ジェニー》

彼は愛情だ、そして現在だ、なぜなら彼は泡立つ冬にも夏のざわめきにも家を開け放ったからだ。飲み物と食べ物を浄《きよ》めた彼、逃れ去る場所と停止状態の、超人間的な至福である彼。彼は愛情であり未来である、力であり愛である。おれたちは激情と倦怠《けんたい》のうちに立ちつくし、嵐と恍惚《こうこつ》の旗のひるがえる空を、彼が通り過ぎてゆくのを見守るのだ。

彼は愛だ、完璧な再発明された尺度であり、眼を瞠《みは》るような、思いもよらなかった理性だ、そして永遠だ――宿命的な特性を持つ、愛された機械なのだ。おれたちは皆、彼とおれたち自身の譲歩をひどく恐れていた――ああ、おれたちの健康の享受、おれたちの様々な能力の飛躍よ、自分だけに向けられた情愛と彼に対する熱情よ、その無限の命のゆえにおれたちを愛する彼よ……

そして、おれたちが想い出せば彼は旅して来る……「崇拝」が過ぎ去っても、鳴り響くのだ、彼の約束が鳴り響くのだ――「迷信よ、古い肉体よ、家族と時代よ、引き下がるがよい。そんな時代は崩れ去ったのだ!」と。

彼は去ってはしまわないだろう。彼は天からふたたび降りて来はしないだろう、彼は女の怒りや男の陽気さ、その類のすべての罪の贖《あがな》いを果たすようなことはないだろう――なぜなら彼は存在し、愛されたことで、それは成しとげられたからだ。

ああ、彼の息吹き、彼の貌《かお》、彼の疾走――形態と行動をつくり上げる恐るべき神速。

ああ、精神の豊饒と宇宙の広大さよ!

彼の肉体! 夢に見た解放、新しい激烈さで倍加する優雅さの破壊!

彼の眼差し、彼の眼差しよ! すべての古い拝跪《はいき》と彼に従って掻き立てられる苦痛よ。

彼の光よ！　響きわたり動きの定まらぬ、あらゆる苦痛の、ますます激しさを加える音楽の中での消滅。

彼の歩みよ！　昔の侵略よりも更に膨大な移動。

ああ、「彼」とおれたち！　失われた慈しみよりも更に善意に満ちた倨傲《きょごう》よ。

ああ世界よ！　そして新しい不幸の高らかな歌よ！

彼はおれたち皆を知り、おれたち皆を愛した。知ろうではないか、この冬の夜、岬から岬へ、ざわめきわたる極地から城へ、群衆から砂浜へ、眼差しから眼差しへ、力も感情も萎《な》え果てても、彼を呼び、彼を眺め、彼を呼びかえし、潮の下をくぐり、雪の砂漠の上を越えて、彼の眼差しを、彼の息吹きを、彼の肉体を、彼の光を追うことを。

この精霊が何を指すかについてはもちろん様々な議論がある。確かに、「飲み物と食べ物を浄めた」というところなどには、キリストへの暗示が感じ取られるかもしれない。しかし「**陶酔の朝**」の語彙を分析して、ハシーシュに酔った者の感覚と〝暗殺者〟としての決意をそこに読みとった後では、この詩の、「**陶酔の朝**」との類似はむしろ明白であろう。

これら二つの詩篇の間には同一の単語のまったく同じ用法が見られるのみならず、違った表現に見えてその意味するところの同じものがいくつか存在する。必要ならばそれらの語彙の対照表をつくることもできるだろう。

ランボーは、ハシーシュの与えるイマージュを、ただ見たまま描いているのではなく、そこから天啓を得て、それを基に詩作しているのである。そしてそのために、少年時代以来鍛えられた言語の力を存分に駆使している。言うまでもなく、ハシーシュを飲めば誰でも天才になるわけではない。


「陶酔の朝」では、「約束」は、また「錯乱」の同義語でもあって〝暗殺者〟たちの肉体と魂に対して果たされたものであった。

それは「善悪の樹を闇に葬り」、この世を制圧している慎みを追放するものであったが、ここでも、既成の秩序、信仰、肉体の通常の感覚をしりぞけるものとして響きわたるのである。

同様にして、「永遠」「激烈さ」「古い肉体」「逃れ去る場所」「ますます激しさを加える音楽」という言葉を含む詩句の意味を、すでに読み解かれた**「陶酔の朝」**をいわばロゼッタ・ストーンとして読むことができる。


「精霊」は、見者の修行に励むランボーが到達し、超人的な努力によって言葉に定着した眩暈であり、また栄光の絶頂、まさに天才の瞬間なのであり、永遠なのである。ランボー自身がついに〝完璧な再発明された尺度〟となり、〝思いもよらなかった理性〟を備えた、〝新しい肉体〟となった。もはやキリスト教の重圧にあえぐことも、家族や時代の制約に苦しむこともないのだ。ところが彼の耳はこの至福の中にあってすでに、「新しい不幸の高らかな歌」を聞きつけているのである。

ランボーと麻薬

麻薬はランボーに様々な夢を与える。しかし、その後、思いもかけない幻滅をもたらす。

森のはずれで——夢の花々がぱちんぱちんと鳴り響き、弾け、キラリと光る——オレンジ色の唇の少女が、牧場から湧き出る澄みきった洪水の中で膝を組む。虹や、植物や、海が、翳らせ、横切り、装う裸身。

（**「幼年時代（Ⅰ）」**）

『人工の天国』の中でボードレールは、トマス・ド・クィンシーの『阿片吸飲者』を自由訳し、その中で一種の尺度の混乱を指摘しているが、それがランボーの**「幼年時代」**全体を通して見られる。ものの巨大化と矮小化——道をゆく小僧の額が天に届く。このようにして叙述される夢は、（ここで詳しく証明する余裕はないが）麻薬の夢の特徴を示しており、ド・クィンシーの記している夢ときわめてよく似ているのである。

「**幼年時代**（I）」をもう一度見よう。ランボーは、不思議な美しい夢を描いた後、突然すべてを断ち切るように叫ぶ。それは、先の引用のあとに、こう、続く。

海の近くのテラスをぐるぐる巡っている婦人たち、子供っぽい女たちや大女ども、青緑の苔の中の眼を瞠るような黒人女たち。木の茂みや雪解けの小さな庭の、ぬかるんだ地面に突っ立っている宝石——聖地巡礼の思いを眼差しに込めた若い母親たちや背の高い姉妹、トルコ皇帝の妃たち、振る舞いといい、衣装といい、横柄きわまる王女たち、小さな異国の女たち、それから、穏やかさの中に不幸の影を宿す女たち。

《いとしい身体》の時も、《いとしい心》の時も、もう、うんざりだ。

（「**幼年時代**（I）」）

美しい夢の突然の否定。しかし、これほどはっきりした言葉はないのだ。これは、幻覚との訣別なのである。

『地獄の一季節』の「**錯乱I**」で、「地獄の夫」（ランボー）は、「狂える処女」（ヴェルレーヌ）に、「いとしい魂よ」と呼びかけ、また、その女はこう告白する。

眠ったあの人のいとしい身体の傍で、私は眠れずに、なぜこの人はこれほど現実から逃れたがるのだろうと、夜毎いく時間、思いなやんだことでしょう。

こうして現実から、ランボーは、〝広大無辺の〟麻薬の中に逃れたのだが、その先は時には**「幼年時代」**の世界であったのだ。「狂える処女」は言う。

私には、自分たちが、悲しみの「天国」を自由に歩きまわれる二人の善い子のように思われました。

ヴェルレーヌの両親は、息子を溺愛して、その幼年時代を異様にひきのばしたが、彼にとっての天国とは、とりもなおさず、さながらエデンの園にいるような、その幼時であった。「彼の少年時代は幸福だった。優れた父とやさしい母とは（中略）世の中の普通の両親とは格別な両親で、一人息子の彼を甘やかして育てた（以下略）」と彼は晩年の回想的な文章にも書くことになる。

実際のところ「天国」とは幼時の夢のこととしか考えなかったヴェルレーヌには、ランボーの「見者の苦行」の真意は悟れなかったであろう。「でもあの人の世界には絶対入れないと思っていました」と狂える処女は言う。ランボーにとってこの「悲しみの『天国』」は、ハシーシュやペデラスティ（男色）と共にあった。しかしそのいずれも、彼に「真理」も「本質的な欲望と満足の時」ももたらさなかったのだ。彼はもうこの方法にうんざりしているのである。

また先に挙げた「オレンジ色の唇の少女……」の部分と「**幼年時代**（Ⅱ）」の、「雲は熱い涙の永遠でできた高い海の上に凝集し」のイメージは、「後期韻文詩篇」の「**記憶**」の、

澄みわたった水。幼時の涙の塩のような、
陽を浴びる女たちの裸身の白さの襲撃

（「**記憶**」）

のイメージに結びついていて、製作時期の近さを示していると私には思われる。「**記憶**」とはこの場合、「**幼年時代**」の謂《いい》でもあろう。

ランボーが躓いたもの

最初に見たように、ランボーはやがてこの天国が実は地獄でもあることに気づくのである。そして、「イリュミナシオン」の一篇、「**寓話**」の中に書かれているように、「王子」は「精霊《ジェニー》」

であり、「精霊」は「王子」であった、という等式がはっきりと確認されることになる。ボードレールは『人工の天国』の「アシーシュの詩」の「4　神人」の終わりのあたりから、自分が神になったと思い込むハシーシュ飲みを「あわれな幸福者」などと呼び始めるが、「5　教訓」にいたって次のようにきめつける。

……アシーシュはその人自身以外の何ものも教えはしない。確かにかれは三乗されたとでもいう状態で極限までおし拡げられるし、またいろいろな印象の記憶があふれるように浮かび上がって来ることも同じく確かである。（中略）しかし（中略）、それほどまで大きな利得を引き出そうとかれらが当てにしている思想は、じつは、かりそめの装いをこらしけばけばしい魔術の金ぴかの光に包まれているときほどには美しくない、ということである。こうした思想の根は、天上ではなくむしろ地上にあり、それが美しく見えるのは、大部分は神経の動揺やこういう思想にとびつく精神の渇望のおかげなのである。そのうえ、かかる希望は循環論法におちいるものである。アシーシュが天才を与える、あるいは少くとも増加させるとひとまず認めるとしても、アシーシュには意志を弱める性質があり、一方で与えながら他方で奪い、けっきょく残るものは、そこから利益をもたらす力を持たぬ想像力だ、ということをかれらは忘れている。最後に、かかる二者択一から身をかわしうる巧妙で力に満ちた人間がいたとしても、致命的で怖るべき別の危険があることも、考えなければならない。それはすべての慣習にそなわっている危険である。

（『ボードレール全集　Ⅱ』人文書院刊所収）

ランボーの場合は、「**寓話**」にあるように、「少なくとも彼はかなり豊かに人間的な力は持っていた」から、こうした最後の危険を覚悟で、想像を絶する努力の末に、イリュミナシオンを言葉によって捉えたのであった。「本能のリズムによって、あらゆる感覚に通じる詩的言語」を発明しようとし、言い表しがたいものを書きとめ、様々な眩暈を定着した。しかし「音楽」に彼は躓いたのだった。健康がようやくおびやかされ、恐怖がやってくる。

おれは何日も続く眠りにおち込み、そして目が覚めても、この上もなく悲痛な夢を見続けた。死に向かう、機が熟していた。そして危難の道を通って、おれの弱さがおれを導いていった、この世の涯《はて》、闇と旋風の国キンメリアの涯に。

……おれは虹によって地獄に堕《おと》されていたのであった。幸福はおれの宿命だった、悔恨だった、おれの蛆虫《うじむし》だった。

(「**錯乱Ⅱ**」)

こうしてランボーは、ボードレールの「ハシーシュの詩」の末尾に描かれている、「呪うべき魔術」によって一挙に超自然の存在にまで昇ることを求めながら、まさしくそのことによって地獄にひしめく者の群れの中に自分が居ることを思い知るのである。しかし『悪の華』の最後の詩「旅」で、

地獄であろうと天国であろうとそれが何だ、深淵の奥に跳び込むこと、
「未知」の奥底に、新しきものを見出すために!

と謳ったのはほかならぬボードレール自身であったし、少なくともランボーは、『地獄の一季節』の「**錯乱Ⅱ**」にあるように、「眩暈を定着し」、〝未聞の業〟はなしとげたのである。おのれの文学的生活に疲れはてて彼は書く。

おれは自分の血をかきまわした。義務が戻ってきた。もうあのことは夢みてもならぬ。

(「**人生Ⅲ**」)

〝暗殺者〟の時が変質し、幻滅が訪れたのだ。「あのこと」とは、「見者の苦行」の実践である。**「眠れぬ夜Ⅰ」**は、ハシーシュの、けだるく、もの寂しい夢をとぎれとぎれに語っている。

探し求めたのとは、全然違う、大気と世界だ。人生。
——結局のところ、こういうことだったのか？
——そうして、夢が冷えてくる。

夢の冷却、それがハシーシュの特徴であることを我々は知っている。話が少し逸れるようだが、**「眠れぬ夜Ⅲ」**の、

中ほどまで張られた壁紙は、エメラルド色に染められたレースの雑木林のようだ。眠れぬ夜のキジバトの群れが、そこに飛び込んでいく。

という一節は、いかにも阿片の夢に想を得た、中国の神仙譚を連想させるではないか。

しかし単なる幻滅で済んだわけではなかった。夢は更に変質し、ついには復讐の三女神「エリーニュス」が姿を現す。

そうしておれは、窓から、石炭の、濃く永遠に続く煙を透かして、今まで知らなかった亡霊たちがさまようのを見るのだ――おれたちの森の蔭よ、おれたちの夏の夜よ！ ――新しい復讐の三女神《エリーニュス》たちが、おれの小屋の前にいる。その小屋こそはおれの祖国であり、おれの心のすべてなのだ。なぜならこの世界のすべてが、こういうものに似ているからだ――おれたちのまめまめしい女の子で小間使い、涙をこぼさぬ「死」、絶望した「愛」、そして道路の泥の中ですすり泣く綺麗な「罪」に。（「街」）

「エリーニュス」とはギリシャ神話にあらわれる復讐の三女神であり、別名エウメニデスといって、母親殺しのオレステースのような罪人を追う恐ろしい女神として登場する。エウメニデスこそは、阿片の夢の中で、ド・クィンシーにとり憑き苦しめたものである。ボードレールは、『人工の天国』の「阿片吸飲者」の「2　前置きの告白」の中で、ド・クィンシーの妻マーガレットをエウメニデスに対置して次のように書く。

これらのページは、エウメニデスたちに付きまとわれるこの頭脳が憩う枕辺に、いつも坐っていてくれる勇敢な伴侶への、比類なく気高さに満ちた呼びかけと、この上ない愛情に充ちた感謝とを含んでいる。阿片のオレステスは、そのエレクトラを見出したのだ、何年もの間、かれの額の苦悩の汗を、彼女はぬぐってくれ、熱で羊皮紙のようになった唇を潤してくれた。

（『ボードレール全集　Ⅱ』人文書院刊所収）

また、ボードレールがかなり忠実に訳しているド・クィンシーの『阿片吸飲者』の続篇、『深淵よりの嘆息』の中では、いわば一つの恐怖の信仰のようにエウメニデスたちが詳しく描かれている。彼女らの名はそれぞれ《涙の御母》、《嘆息の御母》、《闇の御母》である。彼女らは女神レヴァナに仕え、苦悩という方法を用いて人間を高貴にするのだ。

そしておまえは——とマテル・テネブラールム（引用者注：闇の御母のこと）の方に向き直り（引用者注：レヴァナは命ずる）（中略）おまえ以外には真似のできない呪いで、この男を呪いなさい。こうしてはじめて、この男は、坩堝《るつぼ》の中で完全なものになろう。見てはならぬもの、忌むべき光景、言葉にされぬ秘密を見るだろうし、むかしながらの真理、悲しい真理、偉大でおそるべき真理を、読みとることにもなろう。

（「阿片吸飲者」「8　オクスフォードの幻影　Ⅱ　レヴァナとわれわれの《悲しみの御母》」、同前）

同様にランボーは「新しい」エウメニデスにとり憑かれている自分を見出すのである。レヴァナの命令は、彼の場合にも忠実に遂行され、かつてあれほどたたえられた精霊の栄光は、すっかり奪い去られてしまう。

苦悶

続けざまに潰されてきた野心を『彼女』がおれに免除してくれるはずがあるだろうか——安易な結末が貧苦の時代の償いになるだろうか——成功の一日がおれたちを、宿命的な無様さという汚辱の上に眠りこませるだろうか？

（おお、棕櫚《しゅろ》よ！　金剛石よ！　——「愛」よ、力よ！　——いかなる喜び、栄光よりもはるかに高くあれ！　——とにかく、あらゆるところで——悪魔よ、神よ、——この人間の「青春」よ、このおれという存在よ！）

科学的妖術という事件や社会的博愛運動が、原初の真率さを除々にとり戻すものとして、大切にされたりするだろうか？……

だが、おれたちをおとなしくさせる「吸血鬼」は、彼女がおれたちに与えるもので楽しんでいろと言う。でなければもっと滑稽な様になるぞと言う。

さまようのだ、傷を負って、疲労困憊させる大気と海の中を、――責め苦を受けて、人殺しの水の沈黙と大気の中を――あざ笑う拷問をうけて、彼らのむごたらしくうねる沈黙の中で。

「宿命的な無様さ」は『地獄の一季節』にあるように、自分の先祖の農民以来背負ってきたものだ。かつての精霊の栄光、「**陶酔の朝**」の輝かしさは、――すなわちそれが、愛であり、力であり、永遠であり、ランボーの青春であったのだが――すべて悔恨の淵に沈められてしまう。麻薬という科学的妖術もまた、彼の野心を一時的に騙すものでしかなかった。ここで『彼女』、「吸血鬼」と呼ばれているのは、幻覚剤の擬人化されたもの、「**H**」のオルタンスであり、エレーヌであり、「美しい存在」であったものだ。

それはまた、「イリュミナシオン」の冒頭の散文詩「**大洪水の後**」で、ランボーに結局秘密をあかさない「女王」であり「魔女」なのである。その存在は今、ランボーに、すでに彼女が与えたもの、〝奇怪な光景や不思議な幼年時代の夢〟で満足していよ、と命令する。

「**様々な詞**」では「おれたちさえ強ければ……」と力んでみせたランボーにも、その責め苦はほとんど耐えきれぬものとなる。最後の節ではド・クィンシーや、二〇世紀において様々な幻覚剤を試してその酔いを絵と言葉に定着しようとした詩人、アンリ・ミショーの記しているような波動運動が彼を弄《もてあそ》び、静寂が狂気を誘発し、水の要素と、人をとことん疲れ果てさせる大気が彼にとり憑いている。犠牲者をあざ笑うような拷問。ド・クィンシーにおいては、次のように書かれているものである。

……ずっと前から、もはやこの人物がイマージュを呼び起こすのではなく、イマージュの方が、自発的専制的に、かれに襲いかかってくるのだ。かれは、それらのイマージュを追い払うことができない。もはや意志はなんの力も持たず、種々の能力を支配していないからだ。かつては、限りない享楽の源だった詩的追憶は、責め道具をおさめた無尽蔵の蔵となった。

（『人工の天国』「阿片吸飲者」「4　阿片の責苦」、（同前））

「イリュミナシオン」の「**歴史的な夕暮れ**」「**俗な夜想曲**」「**戦争**」などの詩篇が我々に伝える切迫した状況は、まさにこのような「見者の苦行」の危機である。

――今では、永遠に続く瞬間の屈折と、数学の無限が、奇妙な幼年時代と途方もなく広大な愛情に敬われて、おれがあらゆる市民的成功を享受しているこの世界の中で、おれを追いたてる。——おれはある「戦争」を、権利もしくは暴力の、想定外の論理に基づく戦争を夢見ている。

それは、音楽の一節同様簡単なことなのだ。

（**「戦争」**）

という「今」を、イヴ・ボンヌフォワはそのランボー論で、「期待と挫折」とのあいだで分け合われている曖昧な「今」、とうまく言い当てている。

しかし結局、ランボーは麻薬という方法を棄てることになる。その理由は部分的に、「イリュミナシオン」の「**苦悶**」の中にも記されているのだが、『地獄の一季節』やその後で書かれた「イリュミナシオン」から、はっきり読みとることができる。

だがまず、ランボーの売り立ての口上を聴こう。

大安売

安売りだ。ユダヤ人でも売らなかったもの、貴族も犯罪者も味わったことのないもの、大衆の呪われた愛も、どうしようもない実直さも知らぬもの——時間も科学も、認める必要のないもの——

再構成された「声」——合唱と管弦楽のあらゆるエネルギーの、友愛にみちた目覚めと、その瞬く間の応用——おれたちの感覚を解放する絶好の機会！

安売りだ、あらゆる種族、あらゆる世界、性《セックス》、あらゆる血統を超えた値のつけようもない「肉体」！　歩くにつれて湧き出す富！　無鑑査のダイヤモンドの大安売りだ！

安売りだ、大衆のための無政府状態——高尚な愛好家のための抑えようもない満足——忠実な者どもや恋人たちのための恐るべき死！

安売りだ、居住と移住、スポーツ、完璧な夢幻境と慰安、そして音と運動とそれらがつくり出す未来！

安売りだ、計算の応用と、聞いたこともないような調和の飛躍。思いもかけぬ発見と術語の数々、即座の所有。

目に見えぬ輝きと感じることのできぬ至福に向かっての、途方もない無限の跳躍——そしてあらゆる悪徳に向かう、気も動転するばかりのその秘訣——群衆のための恐ろしい快活さ。

安売りだ、「肉体」、声、議論の余地なき莫大な富、誰も絶対売らぬもの、売り手は品切れにならぬ！　旅人もそんなに急いで手数料を払うことはない！

この「**大安売り**」は、「**出発**」と共に、まさしく「**陶酔の朝**」「**ある理性に**」「**精霊**」の裏返しの詩篇である。かつての輝かしい詩で数え上げられた麻薬の与える様々な奇蹟が、ここでは売り立ての対象となる。「感覚を解放する絶好の機会」、「値のつけようもない『肉体』」、「聞いたこともないような調和の飛躍」がことごとく売られるのである。

第四番目の節では「**運動**」に謳われたものが売られ、その次の節で売られるものは、「**H**」や「**Being beauteous**」の光と、例の絶対的な安息、そして「**精霊**」にある「停止状態の、超人間的な至福」である。しかもこれらの奇蹟は「即座の所有」と言っているように、ランボーがその気になりさえすれば、すぐに手に入るものである。つまり、「おれたちが思い出せば彼は旅して来る」（「**精霊**」）のであり、「音楽の一小節同様簡単なこと」（「**戦争**」）なのである。こうしてランボーは「見者の苦行」に今、はっきりと見切りをつける。

「イリュミナシオン」の草稿

一八七三年四月の初め、突如ランボーは、ロッシュにあった母親の農場に帰り、五月の末に、ふたたびヴェルレーヌと共にロンドンに向かうまでをここで過ごすことになる。この時に書かれた、苛立ちと倦怠に満ちたドラエー宛ての一通の手紙が、貴重な証言を含んでいる。

……でもとにかく、かなり規則正しく仕事はしている。散文の短い物語をいくつか書いているんだ。総題は、『異教の書』、あるいは『黒人の書』。愚かで無垢なものさ。ああ、無垢よ！　無垢、無垢、無垢、無……因業なはなしだ！（中略）ヴェルレーヌは君に、一八日の日曜日、ブーリオンで会う約束をしたはずだね。僕は行けない。もし君が行ったら、彼はおそらく、僕か彼かの散文の断片を、僕に返すように頼むだろうと思う。（中略）僕は死ぬほど退屈している。一冊の本も、ちょっとその辺に居酒屋もない。道に出ても事件がない。フランスの田舎は恐ろしいものだ。僕の運命はこの本にかかっているんだが、そのためにあと六篇ほど恐ろしい物語を創り出して付け足さなければならない。だけどここにいて、どうやって凄まじいものを創り出したものだろう？　もう三篇創りはしたが、君には送ってやれない……

ここで彼が語っている『異教の書』あるいは『黒人の書』の構想は、後に『地獄の一季節』として完成されることになる。すでに書いたと言っている三篇の草稿は幸運にも発見されているが、ランボーがその「書物」のことを無造作に〝散文〟と言っているのに注意しなければならない。手紙の中の「散文の断片」とは彼が、パリやロンドンで書いた「イリュミナシオン」の草稿のことではないだろうか。

いずれにせよ、ランボーがこうして田舎の生活に息がつまりそうになっているところへ、ヴェルレーヌがふたたび誘いかける。「ロンドンへ戻ろう……」ランボーはひと月余りのロッシュ滞在をきり上げてロンドンに向かう。おそらくは、『異教の書』を完成し、そして「イリュミナシオン」に手を入れることも考えて。

ランボーとヴェルレーヌ二人の生活は、七月一〇日、ブリュッセルで、ヴェルレーヌがその相棒をピストルで撃って傷を負わせるまで続くのである。ランボーは故郷に帰って『地獄の一季節』を書き上げる。その日付は「一八七二年四月―八月」となっている。

詩句を一つ一つ拾い出してその意味を詮索することは、時によると、自然の中を飛んでいる蝶を採集して標本箱に並べようと夢中になる昆虫蒐集家の仕事に似ていないこともない。そんなことをしてもきりがない、と考える人もいるが、とにかく捕まえてみないことには、その翅《はね》の模様の精緻な美しさもわからない。『地獄の一季節』の一篇、「**地獄の夜**」の初めから読んでいこう。

ごくりとしたたかに、おれは毒を飲んだ。——御忠告には感謝しておく！　——はらわたが焼ける。激烈な毒がおれの手足をよじり、身をもだえさせ、地に打ち倒す。喉が渇いて死にそうだ。息がつまる、叫ぼうにも声が出ない。これこそ地獄だ、永遠の責め苦だ！見ろ、業火の燃えあがりようを！　おれは見事に燃えているぞ。どうだ、悪魔め！
以前に善と幸福への回心を、救いを、おれは垣間見たことがあったっけ、救済というやつだ。あの幻がおれに描けるだろうか、地獄の空気は、頌歌《しょうか》なんか許してはくれん！　幾百万という、うっとりするような人間たちの集団だった。甘美な宗教音楽会、力と平和、高貴な志、その他いろいろ。

（「地獄の夜」）

ここにはキリスト教的な言い回しがふんだんに使われており、この「毒」という語についても、比喩的な、たとえば〝懐疑の毒〟というような解釈が行われているのだが、「イリュミナシオン」と『地獄の一季節』に現れるこの語は、私の考えでは一貫して本当の毒を、すなわち幻覚剤のそれを、そのイメージの中心に強く持っている。激烈さ、渇き、幻等の言葉がそれを証している。ランボーはここに、キリスト教的な地獄のパロディを書いているのである。彼の回心は、善と幸福への回心である。善とは、「**陶酔の朝**」で高らかに謳われている「おれの善」であり、幸福という言葉には、ボードレールの「約束」した、麻薬の与える幸福がその裏にあることを想起しなければならない。

幸福の魔法をおれは究めてきた
誰にもこれはごまかせぬ
(中略)
この「魅惑!」身も魂も引掴《ひっつか》み、
あらゆる努力を蹴散らした。

と「**錯乱Ⅱ　言葉の錬金術**」にも掲げられる詩に彼は書くことになる。
ランボーは手に入れた幻覚を誇って言う。

幻覚は無数にある。これこそ常におれが持っていたものだ。
(中略)
おれは夢幻術の名人だ。

聴け！……
おれにはあらゆる才能がある！

ところが急に調子が変わり、ランボーは苦々しげに言う。

幸いなことにおれはもう苦しまなくてもよいのだ。おれの生活は甘美な狂気に過ぎなかった。それが残念だ。

（この急激な転回の事情は、後に見るように、**「錯乱Ⅱ　言葉の錬金術」**の草稿が、最も〝物語化〟の少ない形で伝えている。）

彼はその生活の小道具を呪う。

おれに吹き込まれた様々な誤ち、魔法とか偽りの香料、子供っぽい音楽とか。

この部分の後に、草稿では、「サタンがこれらの責任を負っている」と書かれている。サタンとはヴェルレーヌに他ならない。つまり、ランボーに「偽りの香料」、すなわち麻薬のことを吹き込んだのはボードレールだが、「見者の理論」を実践しようと彼がパリに出た時、実際にハシーシュやアブサンや音楽等々を教えたのはヴェルレーヌなのである。『地獄の一季節』の冒頭では、悪魔すなわちヴェルレーヌが、自分を「愛らしいケシの花で飾ってくれた」とある。ケシは阿片の原料である。

怒りのために、地獄に落ち、倨傲のために地獄に落ちる——（中略）ああ、また生活へと上ってゆくのか！　おれたちの醜さを見るのか。そしてこの毒、限りもなく呪わしいこの口づけ！　おれの弱さ、この世の残酷さよ！

「地獄」とは、「人工の天国」を目指したランボーの堕ちたところであった。日常の世界に苛立ち、その不透明性の地獄から外に出たいと望んだ、〝悪い血筋〟の見者は、麻薬の深淵の中に、更に深い暗黒の地獄を見ざるを得なかったのである。

「涙」が意味するもの

「錯乱Ⅱ　言葉の錬金術」が、前述の「『言葉の錬金術』の謎解き」の章で見たように、詩に心を奪われ、「幸福の魔法」を追求していた頃のランボーの生活を伝えている。ここには「後期韻文詩篇」の中の詩、たとえば「**涙**」などが、散文詩の中に、さながら日本の歌物語におけるようにちりばめられているのである。

「まことの現実はただ夢の中にのみある」と信ずるボードレールは、その「無限への嗜好」のゆえに、官能性を超えてその奥底、髪の深みの中に、涯《はて》しない旅を夢みている。ランボーが「**言葉の錬金術**」の中で、「飲めなかった」と泣いているように、彼にはまだ、そのような広大無辺の想像力の世界は開かれておらず、〝旅〟は始まっていなかったのだ。

しかし、この「**涙**」のヴァリアントの中に我々は、後に「イリュミナシオン」の中で発展させられる、ランボーの世界の両極を見ることができる。すなわち、この「馴染みの小屋」(「**涙**」)は、彼の隠れ家であり、彼の「祖国」であり、「心のすべて」(「**街**」)なのである。そしてその対極が、飢え渇いている時に追われて彼のさまよう、鳥も、村の女たちからも遠い場所、すなわち「**Fairy**」に描かれ、「**幼年時代**」ではついにこの世の涯にいたるところなのである。

道は険しく起伏する、小さな丘はみなエニシダに覆われている。大気は動かない。鳥たちも泉もなんと遠いのだろう！　進みゆけば、おそらくは世界の涯でしかないだろう。

(「**幼年時代Ⅳ**」)

「**言葉の錬金術**」は次のように続く。

単純な幻覚には慣れていた。おれはきわめて自由に見ていた、工場のかわりに回教のモスクを、天使によって作られた太鼓の学校を、空の街道に幌つきの馬車を、湖の底にサロンを。

ランボーは、ハシーシュの試みを続けていたにちがいないが、この「単純な幻覚」は、おそらく、麻薬によるものではない。ここではまだ、ボードレールの、「風景」などの詩を彼は念頭に置いていたのだろう。薬物は、不快感と、軽い幻聴と喉の渇きを起こすくらいで、「あらゆる感覚の理由のある『錯乱』」の時はまだ来ていなかった。彼はそれを待ちわびて「**最も高い塔の唄**」を書いたのであった。

時よ来い、時よ来い、
身も心も酔う時よ来い。

おれはこんなに我慢した
一生それは忘れまい。
（中略）
そして異様な渇望が、
血管《ちくだ》の中を翳らせる。
（中略）
香草やらドクムギが
たくましく伸び、花が咲き
汚らしい蠅がいっぱいに
ぶんぶんうるさく飛び回る
忘れられ打棄てられた
牧場さながら

香草（encens）という語には香料の意味もあり、それは麻薬を指すと考えられる。そしてドクムギ（ivraies）には酔い（ivresse）が隠されており、ぶんぶんいう虫の羽音とは、軽い幻聴のことではないだろうか。この頃の生活を友人ドラエーに伝えた、「くそっパリ、七二年ド

ク月」付の手紙には、

ここでは一晩中水を飲み、朝焼けなんか見もしなければ、眠りもできない。息が詰まりそうだ。

と記している。

しかしこの頃に、〝暗殺者〟の時はついに彼を訪れたのだった。気難しい麻薬がとうとう姿を現したのである。「**言葉の錬金術**」の続きにはこうある。

ついに、おお幸福よ、理性よ、おれは空から青を引き剝がした。

こいつは黒なのだ。そしておれは生きた、無垢の光の黄金の輝きとなって。歓喜のあまり、おれはできる限り道化た、錯乱した表現を選んだ――

見つかったぞ！

何が？　永遠が。

太陽に熔《と》けた

海だ。
科学と忍耐、
責め苦は必定。
（中略）

「科学」とは、我々の今まで見た範囲でいえば「**陶酔の朝**」の、「優雅さよ、科学よ、激烈さよ！」と謳われるもの、「**苦悶**」の「科学的妖術」であり、また「**運動**」の、「個人的な化学の富」のこと、つまり幻覚術の工夫、「方法」である。この詩「**永遠**」以後に書かれたものには様々な形で、「陶酔」が語られている。

ところが、「**行列**《パラード》」や「**精霊**」などの高揚のあと、調子が変わる。幻滅の時が突然来たのである。その部分をもう一度引用しよう。

探し求めたのとは、全然違う、空気と世界だ。人生。
——結局のところ、こういうことだったのか？
——そうして夢が冷えてくる。

（「**眠れぬ夜Ⅰ**」）

こんな風に書かれている幻滅の後、楽園の心地よさとその否定との間で迷う時間が来る。

月日と季節、人々と国々をはるか経巡った後で、
絹でできた海と北極の花々の上の、血の滴る肉の旗──（そんなものは存在しないんだ）。
あの古いヒロイズムのファンファーレを復活させ──それは今でも心臓と頭に襲いかかるが──昔の暗殺者からはるか離れて──

（「**野蛮人**」）

〝暗殺者〟はもはや遠い存在なのだ。最後にこの〝季節〟をはっきりと、天国に、ではなく地獄に属するもの、と確認する言葉。

かつては、いいおれも所有したのではなかったか、人当たりのよい、英雄的な、この世のものとも思われぬ、黄金の紙にも記すべき青春を──恐ろしいほどの幸運だった！　どんな罪、どんな過ちによるものなのだ、今のこの衰弱は？（中略）
だが、今日では、おれは自分の地獄とは縁を切ったのだと思う。確かにあれは地獄だっ

（「朝」）

た（以下略）

一方、文学研究に筆跡鑑定の手法を持ち込んだブイヤーヌ・ド・ラコストは『ランボーとイリュミナシオンの問題』（一九四九）で「**言葉の錬金術**」の草稿を、次のように判読している。

この気高い時の後、まったくの愚かしさが〔やって来た〕（中略）

〔幻覚は、あまりにも渦巻いていた〕（中略）

この習練の一月、おれは思った／おれの健康はおびやかされた。〔揺すぶられた〕おれは生活することなどとは全く別のことをしなければならなかった。幻覚はますます激しく〔ますます恐ろしく〕恐怖が〔いっそう〕来た！　おれは数日間も眠り続け、起きても／いたるところで／最も悲しい／錯乱した／夢を見続けた。（中略）おれは、虹と宗教的魔術によって、また「幸福」によって地獄に堕されていたのだ。〔おれの悔恨〕おれの宿命、おれの蛆によって

そうして草稿の最後にランボーは「見者の手法」の放棄を書きつけているのである。

こんなことも少しずつ過ぎていった。

今では、神秘的な飛躍や、奇怪な文体を憎んでいる。今おれは言うことができる、芸術は一個の愚行である。大詩人たち（解読不能）も同様に手易い、――芸術は一個の愚行だ。

善（美？）に挨拶する。


ラコストの研究によると、「イリュミナシオン」の原稿は、ランボーの、一八七四年から七五年の筆跡を示しているという。しかもこの原稿の中にはランボーの自筆でなく、一八七四年にロンドンで彼と共に生活していたジェルマン・ヌーヴォーの筆跡で書かれた詩篇が、二つ混じっていることになるらしい。

ラコストは、こうしたことを根拠に、この散文詩集の製作年代を推定したのだが、ほとんど書き消しもなく次々と書き続けられている原稿の状態から、それが清書されたものではないかということが当然考えられる。ランボーが、『地獄の一季節』を書いた後、ふたたびロンドンに赴いた時、「イリュミナシオン」に手を入れ、そしてすべての詩篇を清書したと私は考えている。それにブリュッセル事件の前、ロンドンにいた時にも、「イリュミナシオン」を書き足した可能性もあるだろう。

ランボーはなぜ詩を棄てたのか

それでは、どの詩篇が、「**大安売**」や「**出発**」の後で書かれたのであろうか。たとえば、「**寓話**」「**王位**」「**あけぼの**」「**大洪水の後**」のいかにも現実から距《へだ》たった物語風の口調は、「見者の苦行」の渦中にあって書かれた詩篇のそれとは根本的に異なるものであるし、また、「**青春**」「**人生**」「**労働者たち**」「**放浪者たち**」「**野蛮人**」「**祈り**」の、『地獄の一季節』を思わせる、激しい否定と、諦めの口調、そして全体を貫く回顧的な色彩が、これらの詩篇がランボーの〈晩年〉に書かれたものであることを示しているように思われる。なにより、「**寓話**」の最終行が、ランボーの〝放棄〟の原因を語っているのである。

寓話

一人の「王子」が、俗悪な寛容さを磨き上げるためにのみ、力をつくしてきたことに腹を立てていた。彼は愛の驚くべき変革を予見し、自分の女たちには天国や贅沢によって飾りたてられた、こんな優しい心づかい以上のことはできまいと思っていた。彼は真理を、本質的な欲望と満足の時を見たいと思っていた。それが敬虔さというものの誤りなのかどうか、彼はそれを望んだのだ。少なくとも彼はかなり豊かに人間的な力は持っていた。

（中略）

彼のことを知ったすべての女は虐殺された。美の花園での、なんという殺戮！　劍《つるぎ》の下で、彼女らは王子を祝福した。彼は新しい女たちを命じたりはしなかった。――しかし、女たちはまた現れるのだった。

狩猟や酒宴の後、彼は付き従ってくる者たちすべてを殺した。――ところがみんなついてきた。

彼は豪奢な獣たちを殺して楽しんだ。宮殿を炎上させた。人々に襲いかかって八つ裂きにした。――群衆や黄金の甍や美しい獣たちは、それでも存在し続けた。

破壊に酔いしれ、残虐さによってひとは若返ることができるものであろうか！　民衆は不平を鳴らさなかったし、誰も彼を諫《いさ》める者はいなかった。

或る夜、彼は昂然と馬を駆っていた。一人の「精霊《ジェニー》」が出現した。なんとも形容しがたい、口にも出せぬ美しさだった。その貌からも物腰からも、多様で複雑な愛の約束が発していた！　得もいわれぬ、耐え難いほどの幸福の約束が！　「王子」と「精霊」は、おそらくは、本質的な健康のうちに消滅した。これでどうして死なずにすむはずがあろうか。かくて彼等は共に死んだのだ。

しかしこの「王子」は、彼の宮殿で、尋常の齢で身まかった。「王子」は「精霊」であり、「精霊」は王子であったのだ。

難しい音楽がおれたちの欲望には欠けている。

「見者の手紙」を想い出さねばならない。詩人はあらゆる超人的な力を持たねばならぬとランボーは書く。そしてこの「王子」はそれを持っていたのだ。少なくとも人間的な力は豊かに持っていた。「王子」ランボーは、「真理を、本質的な欲望と満足の時を見たいと思っていた」。「精霊」が出現する。それは「なんとも形容しがたい、口にも出せぬ美しさ」、「得もいわれぬ、耐え難いほどの幸福の約束」を身にそなえていた。その存在は我々がすでに「**精霊**」で見たものである。しかし、精霊とは実に王子自身であったのだ。

この等式が、麻薬の与えるものの限界を示している。精神医学の世界には、ジョン・ヒューリングス・ジャクソンという学者の「疾患は創造せず、失うのみ」という言葉があるそうだが、「イリュミナシオン」の数々は、結局、ハシーシュの与えたヒントを基に、天才的な表現力を持った詩人自身が創造したものなのだ。「**錯乱Ⅱ**」にあるとおり、眩暈を定着したのはランボー自身に他ならない。

「見者の苦行」を実践した詩人は、ボードレールが言うように、「偽った、人工の理想をこうして追求することの中に含まれる非道徳性」のゆえに罰せられたのであろうか。そうかもしれない。ランボーが、告発し、反抗し続けたのはその道徳性ということそのものであったのだが。「王子」と「精霊」は、「おそらくは、本質的な健康のうちに消滅した」と彼はためらいをみせて言う。

そうして最後の、不可解とされている一行がある。しかしこれも、「イリュミナシオン」の他の詩篇の最終行と同じく、きわめてきっぱりした言葉なのだ。ランボーはここで、「おれたちには、難しい音楽、階級的な、クラシック音楽なんか、根っからいいと思えない」と言っているのである。「欲望には欠けている」という、実に徹底的な言い方である。「おれたち」とは、『地獄の一季節』の「**訣別**」で、

このおれがだ！　あらゆる道徳を免ぜられ、博士《マージュ》とも天使《アンジュ》とも自任していたこのおれが、土に還される。義務を尋ね、ざらざらした現実を抱きしめなければならない。百姓だ！

という、一人の農民、一個の民衆としての自己認識に基づいている。

ボードレールによれば、音楽は、「深遠な精神の持主にとって大切ないま一つの言語」であるという。音楽と麻薬の結びつきについて彼は様々の「約束」をした。本書第一部の終わりで取り上げたその「約束」を、もう一度、繰り返して引用しよう。

……音楽は諸君と一体となり、諸君は音楽の中に溶けこんでしまう。音楽は諸君の情念を語るが、それはのんびりとオペラ見物をする夕べのようにとりとめもないものではなく、細部まで明確に詳しく語り、リズムの一つ一つの動きが諸君の魂の感じる動きを表わし、一つ一つの音は言葉に変り、詩情はそっくりそのまま生命を持った辞書のように、諸君の頭脳の中に入ってくる。

（「アシーシュの詩」『人工の天国』、『ボードレール全集 Ⅱ』人文書院刊所収）

その「約束」には、多分に比喩的で観念的な要素が含まれているのだが、それを正直に信じたアルデンヌの田舎少年が、いくら「見者の苦行」に励んでも、実際に聞こえるものは、「耳を聾するファンファーレ」（「**陶酔の朝**」）、「奇怪なメロディー」（「**歴史的な夕暮れ**」）、「ますます激しさを加える音楽」（「**精霊**」）のような音楽や、奇怪な声ばかりでしかなかった。「ハシーシュによって知覚過敏になった耳に」と付け加える必要はもうないであろう。

〝あまりに芸術的な環境に生きた〟ボードレールのようなわけにはいかなかったのだ。ここにはパリとの地域格差などではなく、階級《クラス》という壁が立ちふさがっていたのである。

ランボーと音楽

考えてみれば、一九世紀フランスの片田舎に育った少年が、クラシック音楽に親しむ機会などなかったのではないか。レコードやラジオの出現以後とは事情が違うのである。ランボーの場合は、稀に軍楽隊が、シャルルヴィルの駅前広場で演奏するのを聴くくらいであっただろう。それはパリのブルジョワ家庭に育ち、リストの友人で、ワーグナーを評価したボードレールの場合とはまったく違っていたはずである。彼の美術批評を読んで、ランボーはなんと思ったことだろう。

「見者の手紙」で、『悪の華』の詩人を、「真の神」と崇めながら、ランボーは言葉をついで言う。

> とはいえ、彼は余りにも芸術的な環境に生活した。彼にあって大いに称揚される形式も貧弱なものです。未知のものの発明は、新しい形式を必要とします。

ボードレールを超えること。詩人としての天啓を受けたランボーにとって、それは対抗意識というより、ほとんど義務感であり、音楽がその鍵であった。それは彼も意識していて、持ち前の熱心さで音楽を勉強したようである。パリの「外国人ホテル」に住み込んだ時には、音楽家カバネルからピアノの手ほどきを受けたりしたという。「音楽はひとをおとなしくさせる」と題したヴェルレーヌによる戯画が残っている。

しかし、その約束は、ランボーにはついに果たされることがなく、〝暗殺者〟は失敗したと思い込んだ。音楽が躓きの石であったのだ。

ポール・ヴェルレーヌが描いた、ピアノを弾くランボー像

> 大地には、王子や芸術家の豊富にいる斜面があった、だが、血統や種族がおれたちを罪悪と悲歎に押しやったのだ。
>
> （**「青春Ⅱ　ソネット」**）

と彼は書く。『地獄の一季節』の最初の詩篇が「**悪い血筋**」であり、そこに彼が「劣等種族」の一人としての憤りをぶちまけているのは当然のことなのだ。ランボーがブルジョワの生活や文化にあこがれていたなどと私は言っているのではない。ボードレールの弱さを彼は見破っていたのであり、ヴェルレーヌの暮らしぶりを見て、それが本当の生活ではないと思った。だから彼を、本来の「『太陽』の子」という状態に戻してやろうと思ったのである。「**放浪者たち**」に描かれているのは、そういう二人の共同の生活である。

あわれな兄貴！　おかげでおれは幾夜眠れずに過ごしたことか！（中略）おれはこの悪魔博士に、顔を顰《しか》めながら返事をしたものだが、結局は窓のところに行くことになるのだった。珍しい楽隊が横切ってゆく野原の向こうに、おれは未来の夜の豪奢の幻をつくっていた。

なんとなく衛生的なこの気晴らしの後、おれは藁布団に横になった。ところが、ほとんど毎夜のことだ、眠りについたと思うと情けない兄弟が、起き出し、口は腐り、眼は引抜かれたという顔で——そんな夢を奴は見ていたのだ！　——おれを部屋の中に引き出し、馬鹿馬鹿しい後悔の夢をわめくのだった。

実際おれは、まったく真面目に、彼を、「太陽」の子という原初の状態に戻してやろうと請け負ったのだ。——そしておれたちは、洞穴の酒と道路のビスケットを食いながらさまよった。おれのほうは、場所と公式を見出そうとあせりながら。

「衛生」という語と幻想との結びつきは、「**H**」にもある。この詩篇の中に、ランボーとヴェルレーヌ、二人の生活が、完全に過去のものとして回顧的に描かれているのである。

『地獄の一季節』の中でのあれほどきっぱりした苦行放棄の言葉にもかかわらず、ランボーは、もう一度麻薬を試み、それが、「**青春**」と「**野蛮人**」に書かれているのだと私は考える。『地獄の一季節』の前書にあたる部分で、「ところでごく最近、〝ぎゃっ〟と最後の音をあげそうになった時、おれは昔の饗宴の鍵をもう一度求めようかと思った……」と書いている。これを私は、ブリュッセルでヴェルレーヌに撃たれた時、おそらくは痛み止めに貰ったモルヒネか何かから、以前の麻薬の習慣をとりもどしそうになったのだと考えてみた。その次の「慈愛」という語が麻薬の与える広大な優しさに、そしてその次のケシ＝オピウムに結びつくのである。

また、「**閃光**」には、「病院のベッドでは香の匂いがあんなにも強くおれによみがえった」とある。『地獄の一季節』を書き上げた後、パリまたはロンドンで、ランボーは以前と同じ生活をする。その時に「毒」の誘惑をしりぞけることができなかったか、あるいは、ふたたび希望をもって試みたのではないだろうか。

計算をわきにやれば、空は避けようもなく降下し、想い出の訪れと、リズムが、部屋と頭と、精神の世界を占領する。（中略）

大衆の中に集まり、立ちのぼる、苦しい仕事の音を聞きながら、また研究をはじめよう。

（「**青春Ⅰ　日曜日**」）

お前はまだアントワーヌの誘惑のあたりにいる。尻尾を切られた情熱のはねまわり、子供っぽい倨傲の病癖、衰弱と恐怖。

だがお前はまたあの仕事にとりかかるだろう――和声的、建築学的なあらゆる可能性がお前の周りで揺れ動くだろう。完璧な、思いもかけぬものが、お前の実験に供せられるだろう。お前の周りに、昔の群衆の好奇心と、役にも立たぬ豪奢とが、夢のように押し寄せて来るだろう。お前の記憶も感覚も、ただお前の創造的衝動の糧でしかないだろう。

（「**青春Ⅳ**」）

「アントワーヌの誘惑」という言葉からフローベールの小説（一八七四年刊行――一八七一年には雑誌に部分的に載ったから読むことができたことになる）を思い浮かべる必要は必ずしもない。「**行列**《パラード》」に叙述されているような幻想をこう呼ぶこともできるだろう。ここに描かれている現象は、今まで我々が、他の「イリュミナシオン」の中に読んできたものである。「**青春Ⅲ**」は「二十歳《ヴァンタン》」という副題を持つ。詩人イヴ・ボンヌフォワが言うとおり、「ああ！　若い日々の限りないエゴイズム、勤勉な楽天主義――この夏世界はなんと花々に満ちていたか！　歌も形態も死んでゆき……」というこの詩は、ランボーが二十歳に達した一八七四年に書かれたものであろう。自分のエゴイズムに気づく時、人はもう若いとは言えない。

「**野蛮人**」では、はっきりと、襲いかかってくる幻覚が否定される。

月日と季節、人々と国々をはるか経巡った後で、
絹でできた海と北極の花々の上の、血の滴る肉の旗――（そんなものは存在しないんだ）。
あの古いヒロイズムのファンファーレを復活させ――それは今でも心臓と頭に襲いかかるが――昔の暗殺者からははるか離れて――
ああ、絹でできた海と北極の花々の上の、血の滴る肉の旗――（そんなものは存在しないんだ）。

ここでは、「(そんなものは存在しないんだ)」と、幻想が、二度までも否定されている。しかもそれが、詩句ではなく、詩人の肉声のように、括弧に入れられているのである。そしてまた、「昔の暗殺者からはるか離れて」という表現から、「**青春**」と共にこの詩が『地獄の一季節』の後で書かれたものと考えられる。

「**野蛮人**」はその幻滅の深さによって、「**陶酔の朝**」の高揚に対応する。語彙を比べても、ランボーがこの二篇を意識的に対立させたことがわかるはずだ。かつての〝暗殺者〟の時は、それほど遠いものになってしまった。

「**人生**」は、深い疲労を示していて、『地獄の一季節』の後半の一篇と言ってもよい文体をもっている。

一二の時閉じ込められた屋根裏部屋でおれはこの世を知った、おれは人間喜劇に註釈を施した。酒蔵で歴史を学んだ。北国のある都市で、夜の祭りの時、昔の画家のあらゆる女たちに出会った。パリのある古い通りで古めかしい様々な学問を教わった。全東洋にかこまれた壮麗な住まいで、おれは絶大な仕事を果たし、高名な隠退の時を過ごした。おれは血をかきまわした。今義務が戻った。もうあんなことは夢みてもならぬ。おれはまさしく墓の彼方から来た男だ、だが何の用もない。

（「人生Ⅲ」）

「全東洋」というイメージや「血をかきまわす」という表現が麻薬を暗示しているが、ここに描かれているのは、結局ボードレールに想を得て出発した想像力の旅である。アントワーヌ・アダンが、このような記述をランボーの現実の旅にあてはめようとし、そのために、「イリュミナシオン」の製作年代をずっと後にずらす工夫をしたし、他にも、ランボーの一二歳頃の家の蔵書を詮索するような人がいるのだが、「イリュミナシオン」解釈の最大の誤ちは、そこに書かれていることをすべて現実の事件と考えることにある。

この詩の最後は、やはりボードレールの言葉に由来する。『人工の天国』の一章「阿片吸飲者」の「6　童心をもつ天才」の中に、ド・クィンシー晩年の作品で、主人公が英雄的な力をふるい、忍耐強く阿片中毒の治癒に努めたにもかかわらず、第二、第三の再発にみまわれることを述べた『深淵よりの嘆息』の文体に感動してボードレールは書いている。

……あるいは、夕暮に、朝のうち越えてきた野の方を顧りみて、今や地平線に消えかけているあの国々を踏破しながら、おのれの頭にとり憑いた無数の空想を、悲しみと感動で以て思い出している旅行者である。それは、一口にいって、私なら、亡霊の調子とでも呼びたいものである。超自然ではないが、ほとんど人類とは別な世界の、半ば地上的、半ばこの世の外の調子といってもよい、例の『墓の彼方からの回想』の中で、怒りや傷つけられた誇りが沈黙し、地上の物事に対する大ルネの軽蔑が全くの無関心となったときに、しばしば見出されるものだ。

（『ボードレール全集　Ⅱ』人文書院刊所収）

「**人生**」の中の「高名な隠退の時」とは、「**最も高い塔の唄**」にも謳われている「厳かな隠退auguste retraite」である。

しかし、いよいよランボーの最後の作品のことを語らねばならない。ヴィヨンの遺言詩にも似た詩篇の中で、彼は様々な人々に祈りを捧げる。

献身

リュリュに——悪魔だ——「女友達」の時や、不完全な教育から来る説教への好みをいまだに持っている奴。（中略）

昔のおれという若者に。隠者か伝道者か、あの聖なる老人に。

貧しい者たちの精神に。そしてある高位の聖職者に。

（中略）

今宵、そそり立つ氷山のシルセトに、魚のように肥り、十カ月の赤い夜のようにけばけばしい――（彼女の心臓は琥珀《こはく》と火口《ほくち》とでできている）――この夜の領域のようにおし黙ったままの、この極地の混沌よりも激しい武勲に先立つおれの唯一の祈りのために。

どんな犠牲を払っても、どんな様になっても、形而上の旅においても。――だがもう、「さあ」、という時はない。

この中に我々は、ヴェルレーヌと若き日の自分自身、そして「山の老人」に、ランボーが唯一度の祈りを捧げるのを見る。この詩全体には不明な人物や言葉が多いのだが、琥珀と火口の心臓の「シルセト」とは、ボードレールの「旅」に出てくる魔女シルセ（キルケー）のことであろうと私は考えている。『オデュッセイア』では、この魔女は、オデュッセウスの部下たちに魔法の酒を飲ませ、彼らを獣に変えてしまう。

ランボーの旅の出発点となったボードレールの詩で、旅人らは、ある者は祖国から、ある者は故郷を嫌って逃れるのだった。そして、

女の瞳に溺れた天文学者のように、
危険な薫りの暴虐のキルケーから逃れるのだ。

身を獣に変えられぬために彼等は酔う、
空間に、光に、また燃え上がる天空に。
氷は彼等を噛み、太陽は彼等を赤銅色に焼き、ゆっくりとくちづけの跡を消してゆく。

（ボードレール「旅」）

危険な麻薬の香りをいっぱいに漂わせたボードレールの「旅」を出発点としたランボーの「未知」と「新しきもの」への旅は、こうしてキルケーへの祈りで閉じられる。そしておそらくここで、詩人としてのすべてが終わっている。

あとがき

大学三年の夏休みを信州の学生村で過ごそう、と同級の友人が誘ってくれた。私は黄色いカバーのガルニエ版『ランボー作品集』と、辞書と訳本を持って出かけた。

松本から電車とバスを乗り継いで着いたのは、北アルプス乗鞍岳の中腹、標高一五〇〇メートルばかりのところにある番所という農家の二階である。

窓を開け放すと、周りには高原の自然が広がっていた。霧の中でカッコーが鳴いている。初めて聞いたその声の、鳥が鳴いているというよりは、芝居の舞台で、おもちゃの笛か何かを吹いているような面白さをいまだに想い出す。

散歩に出れば、ヤナギランやマツムシソウが花盛りで、ギンボシヒョウモンやコヒョウモンモドキが飛び交っていた。今ではこういう草原の蝶は減少してしまったが、当時はその気になればいくらでも採れた。

私は、コヒョウモンモドキの鱗粉転写をして、持ってきた『ランボー詩集』の中扉に貼り付けた。二枚の薄い硫酸紙に糊を塗り、蝶の翅を中に挟んで乾くまで待つ。そのあとハサミで翅の形に沿って切り抜くと、鱗粉が紙に綺麗に写し取れる、というわけである。鱗粉の裏側が表にきて、艶々光って見える。

肝心のランボーの詩は、ほとんど全部の単語を辞書で引き、翻訳書を頼りに、さながら暗号解読のようにして読む。乱数表に当たるのは大修館書店の『スタンダード仏和辞典』だけ。それでも、小林、中原の時代とは大違いで、こういう立派な仏和辞典があったし、原文のテキストにも注が付いていたわけだが、ランボーは難しい。

仏和辞典にも、たまに変な癖というか、気になるところがあって、翻訳書の小説などを読んでいると、は、はーん、あの辞書を使って訳したな、と、わかるのであった。同じ箇所で苦労するからである。

フランス語を習い始めて三年目、しかし、文学評論の本や哲学書に出てくる、上っ面の難しい単語の訳語をたまに知ってはいたものの、たとえば、水道の蛇口とか、郵便為替とか、日常語は知らないという、いびつなフランス語初心者が、ランボーの微妙な難しい詩を読むのである。土台それは無理な話であった、と今にして思う。

そういう場合、中原も通ったアテネ・フランセのような施設があって基礎から教えてくれるのだが、なんだかゲンクソが悪くて行く気がしなかった。大学の教養課程で先生方の選んでくれるテキストは、ラシーヌやモンテーヌやサルトルなど立派な、しかし難しい詩や散文で、自分にとっては、やっぱり暗号解読だったが、読むのは楽しかった。だから、いつまで経っても、いびつな語学力のままだった。

信州の学生村では夜になると、それこそ満天の星である。星同士がぶつかりあって、ぎんぎん音がするようであった。

窓を開けると、電灯の光に蛾が飛んでくる。ベニシタバ、キシタバなどに混じって、ジョウザンヒトリのような高山性の大型美麗種が飛来するのであった。それらを室内に招き入れ、毎晩夜間採集をした。翌朝不要の虫を、箒《ほうき》でさっ、さっと掃き出した。

その頃から何十年も経ったが、その時の採集品の標本はまだある。机の引き出しにも、こんなものが残っていた。散歩に出て拾った白樺の皮に、青いボールペンで書いたものである。

Elle est retrouvée!
Quoi? L'Eternité.
C'est la mer mêlée
Au soleil.

訳してみると、

見つかったぞ！
何が？　永遠が。
太陽に溶けた
海だ。

ということになる。

本書をまとめるに当たって、集英社インターナショナルの薬師寺達郎さんのお世話になった。「初出」でわかるとおり、本書は、筆者が二〇代の大学院生の頃から長きにわたって様々な雑誌の類に書き散らしたものがそのもとになっている。それらを新書一冊にまとめることは、書いた本人には結構難しかったが、薬師寺さんは、パソコンを駆使して、その取捨選択に、神業を発揮してくださった。ここに記して、感謝のしるしとする。

二〇二一年五月　千駄木　ファーブル昆虫館「虫の詩人の館」にて

奥本大三郎

参考文献

和書

・小林秀雄「人生斫断《しゃくだん》家《か》アルチュル・ランボオ」（『仏蘭西文学研究』第一号、一九二六年）、のち『地獄の季節』（白水社、一九三〇年）に収録
・中原中也訳『ランボオ詩集・学校時代の詩』（三笠書房、一九三三年）
・ジアツク・リヴイエール／辻野久憲訳『ランボオ』（山本書店、一九三六年）
・村上菊一郎『ランボオ詩鈔』（浮城書房、一九四八年）
・鈴木信太郎監修『ランボオ全集』（人文書院、一九五二〜一九五六年）
・ジャック・リヴィエール／山本功・橋本一明訳『ランボオ』（人文書院、一九五四年）
・ヘンリー・ミラー／小西茂也訳『ランボー論』（新潮社、一九五五年）
・『ユリイカ』特集ランボー研究（一九五八年一〇月）
・平井啓之『ランボオからサルトルへ』（弘文堂、一九五八年／講談社学術文庫、一九八九年）
・井筒俊彦訳『コーラン〈下〉』（岩波文庫、一九五八年）
・寺田透「ある地獄の季節」『着色版画集』（平凡社『世界名詩集大成3　フランスⅡ』一九五九年）
・秋山晴夫、鈴木信太郎、平井啓之他「世界文学大系43『マラルメ・ヴェルレエヌ・ランボオ』」（筑摩書房、一九六二年）
・福永武彦編『ボードレール全集　Ⅱ』（人文書院、一九六三年）
・粟津則雄『ランボオ全作品集』（思潮社、一九六五年）
・『現代詩手帖』ランボー特集号（一九六六年一〇月）
・西条八十『アルチュール・ランボオ研究』（中央公論社、一九六七年）
・マルコ・ポーロ／青木富太郎訳『東方見聞録』（現代教養文庫、一九六九年）
・『無限』26、特集アルチュール・ランボー（一九六九年）
・金子光晴、斎藤正二、中村徳泰訳『ランボー全集』（雪

華社、一九七〇年)
・寺田透『着色版画集私解』(現代思潮社、一九七〇年)
・井上究一郎『忘れられたページ』(筑摩書房、一九七一年)
・アンドレ・ロラン゠ド・ルネヴィル/有田忠郎訳『見者ランボー』(国文社、一九七一年)
・井上究一郎「四つのランボー像——混声による現実再構成」(『展望』一九七一年二月)、のち『アルチュール・ランボーの「美しき存在」』(筑摩書房、一九九二年)収録
・『ユリイカ』総特集ランボオ(一九七一年四月)、のち『ランボオの世界』(青土社、一九七二年/一九七四年)に増補収録
・マタラッソー、プティフィス/粟津則雄、渋沢孝輔訳『ランボーの生涯』(筑摩叢書、一九七二年)
・ピエール・ガスカール/新納みつる訳『ランボーとパリ・コミューン』(人文書院、一九七四年)
・鈴木信太郎、佐藤朔監修『ランボー全集』(人文書院、一九七六〜一九七八年)
・『ユリイカ』増頁特集・ランボオ(一九七六年一一月)
・『文芸読本ランボー』(河出書房新社、一九七七年)
・宇佐美斉『ランボー私註』(国文社、一九七七年)
・『ランボー全集』第二期(人文書院、一九七七年)
・『カイエ』特集・アルチュール・ランボオ(一九七八年九月)
・宇佐美斉編訳『素顔のランボー、同時代の回想と証言』(白水社、一九七八年/筑摩叢書、一九九一年)
・ピエール・プチフィス/中安ちか子・湯浅博雄訳『アルチュール・ランボー』(筑摩書房、一九八六年)
・アラン・ボレル/川那部保明訳『アビシニアのランボー』(東京創元社、一九八八年)
・篠沢秀夫『地獄での一季節』(大修館書店、一九八九年)
・『ユリイカ』特集ランボー、没後百年記念(一九九一年七月)
・鈴村和成『新訳イリュミナシオン』(思潮社、一九九二年)

・ジャン＝リュック・ステンメッツ／加藤京二郎、齋藤豊、富田正二、三上典生訳『アルチュール・ランボー伝—不在と現前のはざまで』（水声社、一九九九年）

洋書

ランボー作品集

・*Œuvres complètes*, édition établie, présentée et annotée par Antoine Adam, Gallimard, coll. Bibliothèque de la pléiade, 1972.

・*Poésies*, édition critique, introduction, classement chronologique et notes par Marcel A. Ruff, Nizet, 1978.

・*Illuminations*, texte établi et commenté par André Guyaux, A la Baconnière, coll. Langages, 1985.

・*Œuvres I. Poésies ; II. Vers nouveaux. Une saison en enfer ; III. Illuminations*, préface, notices et notes par Jean-Luc Steinmetz, Flammarion, coll. GF, 3 tomes, 1989.

・*Œuvres*, édition de Suzanne Bernard et André Guyaux, Bordas, coll. Classiques Garnier, nouvelle édition revue, 1991.

・*Œuvre-Vie*, édition du centenaire établie par Alain Borer, Arléa, 1991.

・*Œuvres complètes, correspondance*, édition présentée et établie par Louis Forestier, Laffont, coll. Bouquins, 1992.

ボードレール作品集

・Charles Baudelaire :*Œuvres complètes* :Robert Laffont, 1980.

評論・研究

・DELAHAYE (Ernest) : —*Souvenirs familiers à propos de Rimbaud, Verlaine et Germain Nouveau*, Messein, 1925.

・ROLLAND DE RENEVILLE (André) : *Rimbaud le*

voyant, Au Sans Pareil, 1929 ; rééd. Thot, 1985.

·RUCHON (François) : *Jean-Arthur Rimbaud, sa vie, son œuvre, son influence,* Champion, 1929; Slatkine Reprints 1970.

·MOUQUET (Jules) : *Rimbaud raconté par Verlaine,* Mercure de France, 1934.

·STARKIE (Enid) : *Rimbaud, London,* Faber and Faber, 1938; rééd. 1947 et 1961. Trad. française par Alain Borer. Flammarion, 1982.

·IZAMBARD (Georges) : *Rimbaud tel que je l'ai connu,* Mercure de France, 1946.

·HACKETT (Cecil Arthur) : *Rimbaud l'enfant,* préface de Gaston Bachelard, Corti, 1948.

·BOUILLANE DE LACOSTE (Henry de) : *Rimbaud et le problème des 《Illuminations》*, Mercure de France, 1949.

·GENGOUX (Jacques) : *La Pensée poétique de Rimbaud,* Nizet, 1950.

·DHOTEL (André) : *Rimbaud et la révolte moderne,* Gallimard, coll. Les Essais, 1952.

·ÉTIEMBLE: *Le Mythe de Rimbaud,* Gallimard, tome I: 1954 et 1968 ; tome II : 1952, 1961 et 1970 ; tome V : 1967

·BONNEFOY (Yves) : *Rimbaud par lui-même,* Le Seuil, coll. Ecrivains de toujours, 1961 ; rééd. 1979.

·RUFF (Marcel A.) : *Rimbaud, l'homme et l'œuvre,* Hatier, coll. Connaissance des lettres, 1968.

·MILLER (Henry) : *Le Temps des assassins,* traduit de l'américain par F.-J. Temple, Oswald, 1970.

·EIGELDINGER (Frédéric) et GENDRE (André) ; *Delahaye témoin de Rimbaud,* A la Baconnière, 1974.

·RIVIÈRE (Jacques) : *Rimbaud,* Kra, 1930 ; rééd. Gallimard, 1977.

·POULET (Georges) : *La Poésie éclatée,* PUF, coll. Écriture, 1980 (《Rimbaud》), p.85-165)

・BORER (Alain) : *Rimbaud en Abyssinie*, Le Seuil, coll. Fiction et Cie, 1984 ; rééd. 1991.
・GUYAUX (André) : *Poétique du fragment, essai sur les 《Illuminations》 de Rimbaud*, A la Baconnière, 1985.
・STEINMETZ (Jean-Luc) : *Arthur Rimbaud, une question de présence*, Tallandier, coll. Figures de proue, 1991.

初出

本書の第一部第一章～第五章は、集英社クオータリー『ｋｏｔｏｂａ』二〇一九年春号から五回にわたって連載された「ランボーとは何者か」を、大幅に加筆・修正したものです。

第二部は、同様に、以下のものを大幅に加筆・修正しました。一九七三年『ユリイカ』五月号「総特集ボードレール」所収「瞳、髪、飲むこと——ポオ、ボオドレール、ランボオ」、一九七二年『現代文学』七号所収「〝暗殺者〟ランボオ」、一九七三年『現代文学』八号所収「イリュミナシオン試論（一）」、一九七三年九月「横浜国立大学人文紀要」所収「Lettre du Voyant 研究序説」、一九七三年『現代文学』九号所収「イリュミナシオン試論（二）」、一九七四年「日本フランス語フランス文学会 Etudes de la langue et literature francaise 紀要 vol.24」所収「Le "Voyage" chez Baudelaireet Rimbaud」、一九七六年『ユリイカ』一一月号「増頁特集・ランボオ」所収「ランボオの自画像」、一九七八年『カイエ』九月号「特集・アルチュール・ランボオ」所収「天国と地獄」、一九七九年『カイエ』五月号「特集・麻薬　人工楽園の神話」所収「ランボオの人工の楽園」

写真提供　アマナイメージズ
図版作成　タナカデザイン

奥本大三郎《おくもとだいさぶろう》
フランス文学者。NPO日本アンリ・ファーブル会理事長。一九四四年、大阪府生まれ。東京大学文学部仏文学科卒業。同大学大学院修士課程修了。『虫の宇宙誌』（集英社文庫）で読売文学賞、『楽しき熱帯』（講談社学術文庫）でサントリー学芸賞を受賞。訳書『完訳 ファーブル昆虫記』（全一〇巻二〇冊、集英社）を完成させた業績により菊池寛賞を受賞。他にも訳書・著書多数。

ランボーはなぜ詩《し》を棄《す》てたのか

インターナショナル新書〇七二

二〇二一年六月一二日 第一刷発行

著　者　奥本大三郎《おくもとだいさぶろう》
発行者　岩瀬 朗
発行所　株式会社 集英社インターナショナル
〒一〇一-〇〇六四 東京都千代田区神田猿楽町一-五-一八
電話 〇三-五二一一-二六三〇
発売所　株式会社 集英社
〒一〇一-八〇五〇 東京都千代田区一ツ橋二-五-一〇
電話 〇三-三二三〇-六〇八〇（読者係）
〇三-三二三〇-六三九三（販売部）書店専用
装　幀　アルビレオ
印刷所　大日本印刷株式会社
製本所　大日本印刷株式会社

 Printed in Japan ISBN978-4-7976-8072-0 C0223

インターナショナル新書

073
あなたの隣の精神疾患
春日武彦

身近な精神疾患の数々と、その対応法が理解できる入門書！　双極性障害や統合失調症から、承認欲求や共依存などまでを、興味深いエピソードを交えて解説する。周囲と自分の生きやすさに繋がる一冊。

074
ルポ 日本のＤＸ最前線
酒井真弓

日本再生の鍵と言われる〝ＤＸ（デジタルトランスフォーメーション）〟。その実態とは？　官民の枠を超えて「ＤＸの最前線」に立っている人々を取材。その足跡から「真のデジタル化」への道筋を探る。

075
ゴミ清掃芸人の働き方解釈
滝沢秀一
田中茂朗

今、必要なのは改革よりも解釈だ！　お笑い芸人とゴミ清掃人というダブルワークを実践する著者がたどり着いたのは数々の「働き方解釈」だった。それは働くことについて悩み考える、すべての人へのヒントとなる。

076
明治の説得王・末松謙澄
言葉で日露戦争を勝利に導いた男
山口謠司

文章で日本を創り、日本を守った男、末松謙澄。大日本帝国憲法を起草し、渡欧して黄禍論に立ち向かうなど世界を舞台に活躍し、日本を近代化に導いた知られざる明治の大知識人の足跡を辿る。